겨울밤 0시 5분

문학과지성사에서 펴낸 황동규의 시집

나는 바퀴를 보면 굴리고 싶어진다(1978, 개정판 1994)
악어를 조심하라고?(1986, 개정판 1995)
몰운대行(1991, 개정판 1994)
미시령 큰바람(1993)
풍장(양장본, 1995)
외계인(1997)
버클리풍의 사랑 노래(2000)
우연에 기댈 때도 있었다(2003)
꽃의 고요(2006)
사는 기쁨(2013)
연옥의 봄(2016)
오늘 하루만이라도(2020)

문학과지성 시인선 R 09

겨울밤 0시 5분

초판 1쇄 발행 2015년 4월 3일
초판 3쇄 발행 2021년 11월 4일

지 은 이 황동규
펴 낸 이 이광호
펴 낸 곳 ㈜문학과지성사

등록번호 제1993-000098호
주   소 04034 서울 마포구 잔다리로7길 18(서교동 377-20)
전   화 02)338-7224
팩   스 02)323-4180(편집) 02)338-7221(영업)
전자우편 moonji@moonji.com
홈페이지 www.moonji.com

© 황동규, 2015. Printed in Seoul, Korea

ISBN 978-89-320-2739-5 03810

이 도서의 국립중앙도서관 출판예정도서목록(CIP)은 서지정보유통지원시스템 홈페이지
(http://seoji.nl.go.kr)와 국가자료공동목록시스템(http://www.nl.go.kr/kolisnet)에서
이용하실 수 있습니다. (CIP제어번호: CIP2015009411)

문학과지성 시인선 R 09

겨울밤 0시 5분

황동규

2015

시인의 말

   2009년 봄 상재, 2014년 봄에 절판시킨 시집을 최소한의 손질과 함께, 그리고 매 꼭지마다 조그만 쪽지 하나씩을 붙여, 다시 내놓는다.

   나의 그 어느 책보다도 인고(忍苦)의 속내를 보여주는 시집이다. 삶을 사랑한다. 삶에 대한 애착을 줄이자.

2015년 봄
황동규

겨울밤 0시 5분

차례

시인의 말

제1부   겨울밤 0시 5분

쪽지 1

아픔은 내가 잘 모르는 언어로 말한다.
한참 들어도 감을 못 잡겠다.
가지 잘리고 입을 꽉 다문 나무의 소리 같기도
침묵에서 나오는 소리 같기도 하다.
다시 귀 기울인다.

어느 초밤 화성시 궁평항

비릿한 냄새가 기다리고 있었다.
오늘은 이맘때가 정말 마음에 든다.
황혼도 저묾도 어스름도 아닌
발밑까지 캄캄, 그게 오기 직전,
바다 전부가 거대한 삼키는 호흡이 되고
비릿한 냄새가 기다리고 있었다.
유원지로 가는 허연 시멘트 길이
검은 밀물에 창자처럼 여기저기 끊기고 있었다.
기다릴 게 따로 없으니
마음 놓고 무슨 색을 칠해도 좋을 하늘과 바다
그리고 살아 있는 이 냄새,
밤새 하나가 가까이서 끼룩끼룩댔다.
쓰라리고 아픈 것은 쓰라리고 아픈 것이다!
혼자 있어서 홀가분한 이 외로움,
외로움 아닌 것은 하나씩 마음 밖으로 내보낸다.
속에 봉해뒀던 사람들은 기색이 안 좋지만
하나씩 말없이 나간다.
쓰라리고 아픈 것은 쓰라리고 아픈 것이다!

비릿한 냄새가 기다리고 있었다.

더 비울 게 없으면 시간이 휘는지

방금 읽고 덮은 휴대폰 전광 숫자가 떠오르지 않는다.

선창에서 배 하나가 소리 없이

집어등을 환히 켰다.

이런 고요

이상한 마을에 왔다.
며칠 내 낙엽을 쓸어 담다가
하루아침 찬비 맞고 생(生)몸이 된 완산 화암사
적묵당 툇마루에 비치는 하늘
가을의 끄트머리답게 너르게 밝고 캄캄한 하늘
극락전 처마 공포(栱包)들 일제히 고개 숙이고
하나같이 혀를 아래로 내려뜨렸다.
고요!
생각나면 이는 바람 소리와
바람 소리에 찢기지 않는 새소리.
오래 앉아 있던 산이 상체를 들려다 말고
물들은 멈추기 싫어하는 기척을 낸다.
있는 것과 가는 것이
서로 감싸고 도는 고요,
때늦은 수국과 웃자란 풀들이 마음대로 시들고
사람들이 목젖에서 끄집어내며 여미는 소리
문득 빈말이 된다.
눈 크게 뜨고 귀 세우지 않아도

여기저기서 달라붙어오는 감각,
이 세상 것들, 우연히 지나치는 사람 얼굴의 표정 하나까지
무한대(無限大)로 살가워진다.

소리 없이 박주가리가 씨앗 주머니를 연다.
역광 속에서
촉 달린 광섬유 시침(時針)들이
섬세하고 투명하게
빛 그림자 춤을 추고 있다.

늦가을 저녁 비

잿빛 소리로 공기를 적시며 비 내리는 저녁
늦 산책에서 돌아오다 만난,
이층집 미니 뜰
서로 기대거나 넘어져 누운 줄기들 속에
혼자 고개 쳐들고 서 있는,
안개처럼 자욱이 내리는 잿빛 음성에
붉은 입술 붉은 혀 내밀고 있는 장미 한 송이.
어느 결에 빗소리에 침이 마른다.
혀와 음성, 붉은색과 잿빛이 입 마주대고
서로를 맛보고 맛보여주고 있는가?
무슨 맛인진 모르지만 서로가 한 몸이 되겠다고
글썽글썽 맛보고 맛보여주고 있는가?
어느샌가 어두워져 소리밖에 뵈지 않아도.

세상에 헛발질해본 사람이면 알지,
저 소리,
밖으로 내놓지 않고 마냥 안으로 끌어만 당기는
저 음성,
'이 저녁 견딜 만하신가?'

11월의 벼랑

어디에고 달라붙어보지 못한 도깨비바늘 몇
바싹 마른 꽃받침에 붙어 있다.
후 불어도 떨어지지 않는다.
저도 모르게 주저앉을까 봐
서로 붙들고 선 줄기들,
새파랗다 못해 하늘이 쨍 소리를 낸다.
한 발짝 앞은 바로 벼랑,
방금 한 사내가 한참 동안
철 지난 유령처럼 서 있다 간 곳,
옆을 스치는 그의 얼굴
절망의 얼굴로 보지 않기로 한다.
11월의 뒷켠 어디선가 만나는 인간의 표정,
얼굴에 그냥 붙어 있는 표정,
절망조차 허영으로 보일 때가 있다.
몸과 마음 어디엔가 제대로 한번 붙여보기도 전에
눈앞에서 땅이 바로 수직으로 꺼지기도 하는데.

삶을 살아낸다는 건

다 왔다.
하늘이 자잔히 잿빛으로 바뀌기 시작한
아파트 동과 동 사이로
마지막 잎들이 지고 있다, 허투루루.
바람이 지나가다 말고 투덜거린다.
엘리베이터 같이 쓰는 이웃이
걸음 멈추고 같이 투덜대다 말고
인사를 한다.
조그만 인사, 서로가 살갑다.

얇은 서리 가운 입던 꽃들 사라지고
땅에 꽂아논 철사 같은 장미 줄기들 사이로
낙엽은 이리저리 돌아다니고
밟히면 먼저 떨어진 것일수록 소리가 엷어진다.
아직 햇빛이 닿아 있는 피라칸사 열매는 더 붉어지고
하나하나 눈인사하듯 똑똑해졌다.
더 똑똑해지면 사라지리라
사라지리라, 사라지리라 이 가을의 모든 것이,

시각을 떠나
청각에서 걸러지며.

두터운 잎을 두르고 있던 나무 몇이
가랑가랑 마른기침 소리로 나타나
속에 감추었던 가지와 둥치들을 내놓는다.
근육을 저리 바싹 말려버린 괜찮은 삶도 있었다니!
무엇에 맞았는지 깊이 파인 가슴도 하나 있다.
다 나았소이다, 그가 속삭인다.
이런! 삶을, 삶을 살아낸다는 건……
나도 모르게 가슴에 손이 간다.

무(無)추억을 향하여

늦가을 가뭄,
추억의 흐름 군데군데 끊기고
이미 굳기 시작하는 개흙이 보인다.
누군가 떠간 데스마스크 거푸집이 남겨져 있다.
아침 면도할 때 슬며시 달려드는 턱
누구의 마스크 속에선가 숨이 탁 막힌다.

여기 어디쯤에 무추억의 보(洑)를 깔아야 할까 부다.
흐르는 듯 안 흐르는 듯 흐르는 물,
송사리 몇 계속 눈 뜨고 헤엄치고,
가랑잎들 모여 바로 흙으로 돌아가지 않고
땅 가장자리를 조심스레 만져보며 떠내려갈,
어느 날 곧장 물에 뛰어들던 첫눈 알갱이들이
그 위에 옹기종기 모여 앉아 조용히
자신들의 짧은 추억을 하나씩 되새김질할.

이제 철렁 세상이 굳는
기이한 느낌을 만끽할 것이다.

초겨울 아침

아내 제자가 보내준 원두커피 킬리만자로
어제 저녁 끓인 향 밤늦게까지 집 안 구석구석 맴돌다가
사라졌다.

벽에 스카치테이프로 공들여 붙여논
노박덩굴에 앉혀진 작고 붉은 루비들
짙은 갈색으로 몸을 바꾸었다.

식구들 깰까 봐 동파(凍破) 막이 수돗물처럼 가늘게 틀어논
쇼스타코비치의 첼로 협주곡
소리들이 간간이 꼬리를 사린다. 가는귀먹고 있구나,
잡소리들이 떠나면 아슬아슬 정(淨)해질 소리들!

햇빛 잘 받으라고 아내가 창가에 놓은 채송화 화분에선
꽃들이 하나같이 가는 목 길게 뽑아 유리창에 달라붙어
베이지색으로 말갛게 탈골되었다. 말갛게,
가슴 철렁할 정도로 말갛게.

겨울밤 0시 5분

별을 보며 걸었다.
아파트 후문 정류장, 마을버스에서 내려
길을 건너려다 그냥 걸었다.
추위를 속에 감추려는 듯 상점들이 셔터들을 내렸다.
늦저녁에 잠깐 내리다 만 눈
지금도 흰 것 한두 깃 바람에 날리고 있다.
먼지는 잠시 잠잠해졌겠지.
얼마 만인가? 코트 여며 마음 조금 가다듬고
별을 보며 종점까지 한 정거를 걸었다.

마을버스 종점, 미니 광장 삼각형 한 변에
얼마 전까지 창밖에 가위와 칼들을
바로크 음악처럼 주렁주렁 달아놓던 철물점이 헐리고
농산물 센터 '밭에 가자'가 들어섰다.
건물의 불 꺼지고 외등이 간판을 읽어준다.
건너편 변에서는 '신라명과'가 막 문을 닫고 있다.

나머지 한 변이 시작되는 곳에

막차로 오는 딸이나 남편을 기다리는 듯
흘끔흘끔 휴대폰을 들여다보고 있는 여자,
키 크고 허리 약간 굽은,
들릴까 말까 한 소리로 무엇인가 외우고 있다.
그 옆에 아는 사이인 듯 서서
두 손을 비비며 하늘을 올려다본다.
서리 가볍게 치다 만 것 같은 하늘에 저건 북두칠성,
저건 카시오페이아, 그리고 아 오리온,
다 낱별들로 뜯겨지지 않고 살아 있었구나!

여자가 들릴까 말까 그러나 단호하게
'이제 그만 죽어버릴 거야,' 한다.
가로등이 슬쩍 비춰주는 파리한 얼굴,
살기(殺氣) 묻어 있지 않아 적이 마음 놓인다.
나도 속으로 '오기만 와봐라!'를 몇 번 반복한다.

별 하나가 스르르 환해지며 묻는다.
'그대들은 뭘 기다리지? 안 올지도 모르는 사람?

어둠이 없는 세상? 먼지 가라앉은 세상?

어둠 속에서 먼지 몸 얼렸다 녹이면서 빛 내뿜는

혜성의 삶도 살맛일 텐데.'

누가 헛기침을 했던가,

옆에 누가 없었다면 또박또박 힘주어 말할 뻔했다.

'무언가 간절히 기다리고 있는 사람 곁에서

어둠이나 빛에 대해선 말하지 않는다!'

별들이 스쿠버다이빙 수경(水鏡) 밖처럼 어른어른대다 멎었다.

이제 곧 막차가 올 것이다.

냉(冷)한 상처

소리 없이 성긴 눈 내려
콘크리트 지붕과 나무와 땅을 간신히 덮은 아침
상점에서 흘러나오는 곡 따라 흥얼거리다
문득 생각나
머릿속을 아무리 뒤져보아도
지난날 젖은 모포처럼 무겁게 덮쳐와
숨 고르느라 밤잠 영 못 이루게 했던 이름
떠오르지 않는다.
잠 대신 술로 채워 흐릿해진 뇌 속에 뜨던 얼굴도
가물가물하다.
아픈 기억도 겨울 풀처럼 마르기도 하는구나.

바로 눈앞에
새들이 새끼 낳아 여름내 키워 데리고 떠나버린
빈 둥지가 떨어지다 아래 가지에 걸렸다.
낯선 가지에 거꾸로 꿰어져
눈 몇 점 묻히고 한천(寒天)에 매달린
냉한 빈자리!

허공에 한 덩이 태양

아무것도 없다!
아파트 주차장에 문득 첫눈 내리는 아침
나무들이 눈옷 채 지어 입기도 전에
세상이 하얗게 질린다.
조간신문 집으려 문을 열다
한기(寒氣)처럼 문득 느낀 것,
아무것도 없다!

새벽녘에 우연히 펼쳐본 삼십오륙 년 전 잡기장 속엔
책갈피에 숨었다 덜컥 잡힌 그림엽서처럼
원색으로 살아 있던 내가 보인다.
사전을 들추며
'토니오 크뢰거'를 몇 쪽 넘기다 말고
문밖으로 겨울이 지나가는 바퀴 소리를 듣던 사람,
눈 위에 난 바퀴 자국을 따라가본 사람,
자국이 그윽한 빛으로 얼어
눈 위에 미리 쳐논 동선(動線)이 되곤 했지.
그 선이 끝나는 곳,

눈을 묻히다 만 나무들이 듬성듬성 서 있던
이따금 모서리 부서져 내릴 때
두 다리로 가슴 옹크린 아이 뼈가 드러나기도 하던
모래내의 작은 벼랑,
집도 나무도 없는, 있어도 보이지 않는 허공에
한 덩이 태양이 불타고 있었지.
내 삶의 그중 허하고 화려했던 아이콘!
토마스 만에게도 그런 허공이 있었던가?

아무것도 없다!
독일어 변화들이 머릿속에서 하얗게 사그라들고
변화하지 않는 지명과 인명들만 여기저기 발자국들로 남
았다.
바이마르, 함부르크, 로자 룩셈부르크, 카프카, 헨젤과 그
레텔……
그 발자국들이 얼지는 않았어.
되돌아온 바퀴 자국은 보이지 않았어.

눈의 물

사방이 하얗게 눈 덮인 곳에서
눈 쓰고 있는 나무들의 이름을 곧잘 잊어버린다.
온통 하얀 세상에선
마음속 요철(凹凸)들이 곧잘 무디어진다.

비탈을 달려 내려온 물을
잠시 멈췄다 가게 하는 물받이 홈을 막은 눈이
무언가 흘릴까 말까 주저하고 있다.
흘릴까 말까 주저하는 모습이 아름다운 때가 있었다.
언제였지?
물받이 홈을 막고 있는 눈 같은 것이
발걸음을 멈추게 하기 전이었지.

마른 풀 몇 줄기가 온몸으로
내리누르는 눈의 힘을 버티고 있다.
한 줄기는 허리가 꺾이고도 버티고 있다.
옆 나무에서 박샌가 곤줄박인가, 새 한 마리 날며
눈가루를 뿌린다.

눈가루가 걷히자
오래 참았다는 듯 홈 끝에서 눈의 물 한 방울이
동그랗게 맺히다가, 크고 동그랗게 맺히다가,
떨어진다.
눈 속에 숨어 있던 파인 구멍에
방울이 떨어진다.
일순 마음속에 숨어 있던 온갖 파인 곳들이
뒤집히듯 솟았다가 천천히 내려앉는다.
저런, 여기저기 눈의 물 자국들!

삶의 맛

환절기, 사방 꽉 막힌 감기!
꼬박 보름 동안 잿빛 공기를 마시고 내뱉으며 살다가,
체온 38도 5분 언저리에서 식욕을 잃고
며칠 내 한밤중에 깨어 기침하고 콧물 흘리며
소리 없이 눈물샘 쥐어짜듯 눈물 흠뻑 쏟다가,
오늘 아침 문득
허파꽈리 속으로 스며드는 환한 봄 기척.

이젠 휘젓고 다닐 손바람도 없고
성긴 꽃다발 덮어주는 안개꽃 같은 모발도 없지만
오랜만에 나온 산책길, 개나리 노랗게 울타리 이루고
어디선가 생강나무 음성이 들리는 듯
땅 위엔 제비꽃 솜나물꽃이 심심찮게 피어 있다.
좀 늦게 핀 매화 향기가 너무 좋아 그만
발을 헛디딘다.
신열 가신 자리에 확 지펴지는 공복감, 이 환한 살아 있음!
봄에서 꽃을 찾을까, 징하게들 핀 꽃에서
봄을 뒤집어쓰지.

광폭(廣幅)으로 걷는다.

몇 발자국 앞서 뛰는 까치도 광폭으로 띈다.

이 세상 뜰 때

제일로 잊지 말고 골라잡고 갈 삶의 맛은

무병(無病) 맛이 아니라 앓다가 낫는 맛?

앓지 않고 낫는 병이 혹

이 세상 어디엔가 계시더라도.

낯선 외로움

자기만의 길이와 폭과 분위기를 가지고 살면서 풀에겐들
왜 저만의 슬픔과 기쁨이 따로 없으랴.
마주 앉아 찻잔 비울 때까지
속으로 삭이고 삭여야 할 생각 왜 없으랴.
삭이고 일어설 때 사방에 썰물 빠지는 적막, 속의 황홀!

학교 식당 건물과 땅 틈새에 배죽 나온 저 풀,
오늘은 노란 꽃대 하나 조그맣게 내밀었다.
손가락 끝으로 얼굴 들어보니
쬐끄만 꽃잎과 꽃술들이 오밀조밀한 모양을 이루고 있다,
조금 싸한 냄새까지 한 모양을.
왜 한 뼘쯤 앞으로 기어 나와 좀 편히 살지 않을까,
거기도 인간의 발길 채 닿지 않는 곳인데.
풀에게도 끼가 있는가?
기차게 고달파도 제 본때로 살아보겠다는?
말이 없어서 그렇지
몸을 온통 졸이는 황홀한 낯선 외로움이?

깊고 길게 바라보았다

임실인가 순창인가 길 양편에 나와
한창 태 내고 있는 꽃들에 한눈팔며 천천히 달리다
길 한가운데로 당당히 걸어오는,
손끝이 거의 땅에 닿도록 허리 굽었으나
조금도 두리번대지 않던 노인,
눈길 서로 닿지 않아 몸끼리 맞닿을 뻔한 노인,
그가 차 바로 앞에서 걸음 멈추고
나를 향해 천천히 수직으로 허리를 들었다.
그의 흰 눈썹이 빛났다.
나는 깊고 길게 그를 바라보았다.

봄 하늘에 차를 세우고 한참 마음속에 잠긴다.

몸의 맛

엉뚱한 공들이 넘어 다니는
엉성한 서울대 야구장 철책 밖에서
4밀리 갸웃 홍자색 꽃잎들을 피우며
있는 듯 없는 듯 몸 낮추고 여름을 나는 이질풀,
눈여겨보니 벌써 꽃잎 떨구기 시작하고
꽃잎 내린 씨앗 주머니 몇은 미니 샹들리에 형상으로
다시 풀 속으로 몸을 숨기고 있었다.
발걸음 멈추고 한참 찾아야
간신히 서로 눈 맞출 수 있는 이질풀꽃,
너도 알고 있는가,
삶의 크기가 졸아들수록 농도가 짙어가는
땀 냄새 침 냄새 눈물 냄새 속에서
시리고 황홀하고 저렸던 몸의 맛을?
우연인 듯 나비 더듬이가 몸을 더듬던 촉감,
벌이 처음으로 몸에 빨대를 대던 순간의 느낌,
온몸의 핏줄 떨게 하던 저 뜨거운 여름비의 노래를?
일단 맛본 삶은 기억이 꽃잎처럼 떨어져나가도
몸속 어딘가 지워지지 않는 결들로 남아 아린 것.

이제 막 꽃잎을 내리는 이질풀,
너도 뇌를 묶은 끈들을 잠시 느슨히 풀고
이 생각 저 생각 머릿속에 담고 퍼내다가
삐익 소리와 함께
저 세상 불빛을 한순간 미리 본 적이 있는가?
시간의 바퀴가 삶의 아린 결들만 남기고
우리 몸을 통째로 뭉개려 들 때.

축대 앞에서

장미 줄기들 앞다투어 축대를 오르더니
빗물에 탁탁 물감 튕기는 이파리들도 있더니
축대가 하나의 커다란 걸개그림이 되었다.
오늘은 마음이 잘못 엎질러져 몇 군데 전화를 넣다 말고
모자도 휴대폰도 봄 감기도 두고 걷다 돌아오는 길,
문득 눈앞에 펼쳐지는 소리,
송이송이 살아 있는 30폭 장미 병풍의 합창 소리!
몸이 얼얼했다.

몸이 얼얼하면
마음에 박혔던 옹이들이 빠져나가곤 했지.
장미 병풍 뒤로 저녁 햇빛 되쏘는 아파트 창들
금빛 웃음을 터트렸다.
저런, 금관(金管)들의 폭주를 통주저음으로 만드는
생생한 장미들의 색과 생김새가 쳐내는 박(拍),
소리 없는 소리의 황홀!
아차, 옹이 대신 거짓말처럼 내가 빠지고
낯선 사람 하나가 조용히 두 손 모으고 서 있었다.

한참 두고 보아도 그대로 있었다.

저래서야 어디 몸뚱아리째 메어치는 소리판에 낄 수 있겠
는가?

허나 혼자 처져 속으로 울며 허우적대는 일 두려워하는

마음속 축대 하나는 녹일 것이다. 침묵이 침묵을 녹이듯.

'맥주 한잔 안 하시렵니까?'

제2부 꿈이 사라지는 곳

쪽지 2

결국 벌레들에게 먹힐 건데
저 벌레들과 미리 눈인사를 해두자.
이따금 벌레처럼 꿈틀거려도 보자.
꿈틀거리면서 벌레가 되든지 벌레의 꿈이 되든지.

다시 돌아오지 못하더라도 갈 준비돼 있다

1963년 여자로서는 처음으로 우주 비행을 한
올해 70세의 전 소련 우주 비행사 발렌티나 테레슈코바가
화성행 비행을 하고 싶다는 꿈을 말하며.
—2007년 봄, *Newsweek*에서

눈이 너무 밝아 나무에서 곧잘 떨어진다는
뇌보다 더 큰 눈 가진 안경원숭이가 되어
기대한 대로 올지 안 올지 모르는
그러나 계속 진해만 가는 삶의 끄트머리
스위치 누르지 않아도
몸과 주위가 온통 환해지는 순간을
두 눈 크게 열어놓고 기다리겠습니다.
기다림이 없으면 끄트머리도 없지요.

공기 속으로 채 풀어주지 못한 말이나 소리 같은 것
제멋대로 터지지 않게
목구멍 속 어디엔가 묻어두고
살다가 저절로 싱거워진 기쁨 같은 것도
새로 싹 틀까 않을까 걱정 말고

몸속 어디엔가 심어두고,

화성이든 그 어디든

뇌 구석구석까지 환하게 비칠 항로의 끄트머리를

기다리겠습니다.

솜털 구름 한 점 떠돌지 않는 화성의 하늘,

지구의 하늘보다 더 진하고 더 공(空)하겠지요.

섬진강의 추억

동백 피고 지는 화개(花開) 물가에서
그대 얼굴 비추고 흐른 물이
검은 머리에 환한 이마를 비추고 내려온 물이
산과 산 사이를 굽이굽이 돌아 하동 포구 가까이 흘러와
문득 정신 차리고 그대 모습 기억할까?
검은 머리와 명도(明度) 높았던 이마를?
그대로가 아니라면
옛 필름의 네거티브
검은 머리가 백발로 떠지는 얼굴이라도.
추억도 시간 속에 불을 켰다가 끈다.
눈을 보호하려고 만들어진 눈물이 그만 눈을 달구어
불 켠 동백들을 흐릿하게 번진 등불로 만든들!
추억도 시간 속에 불을 켰다가 끈다.

허나 이 환한 봄 저녁, 동백 아닌 것들도
어쩌다 만나는 농수로(農水路)의 사타구니와
서툴게 핀 들꽃들도
자신의 가장 요긴한 소리들을 내고 있다.

가만히 눈 식히고 들여다보니
그대 것이었던 싱싱한 얼굴 하나
봄물에 녹고 있다.

누군가 눈을 감았다 뜬다

산책길 나무 하나 트럭 타고 이사 가고
대신 조그만 나무 하나 심겨졌다.
몸속에 입력된 개화(開花) 프로그램 지워버린
진달래 철쭉 영산홍이 서로 눈치 보지 않고
한꺼번에 피다 시들자
장미들이 봉오리를 열기 시작했다.
자주 보던 사람 하나 어느 결에 사라지고
그가 늘 앉곤 하던 연못 벤치에
오늘 다른 사람이 앉아 있다.

벤치에 혼자 앉아 고개 숙이고
연못에 핀 연꽃과 7월 저녁의 넉넉한 그림자를
즐기지 못하는 사람 하나,
주위는 무언가 한없이 비어 있는 느낌,
그는 눈을 감고 있겠지.
진한 저녁 빛깔 사람을 만나면 불 만난 나방처럼
무작정 속이 마르는 사람 하나 걸음 멈추자
발밑에서 까치가 빠른 4분의 5박자 까치발로 뛰어

눈 감고 있는 사람 곁으로 간다.

왜 이러지 왜 이러지, 하듯 정지해 있는 밝음 속에서

그가 천천히 뒤돌아본다.

무릇
─이숭원에게

장마 꼬리 내리자 풀들만 퍼지게 살던 푸름 위로
합창하듯 무릇들이 꽃대를 쳐들었다.
녹두알 크기 생분홍 꽃 하나하나는
더 자그만 꽃잎들로 지펴진 불꽃,
아닌 대낮에 풀밭의 불꽃놀이,
그 위로 잠자리 한 무리 떠 있다.
날갯짓 안 해도 정지해 있을 만큼
잔잔한 바람이 불고 있다.
깨어 있으려면 무엇이 필요할까,
끊길 듯 끊길 듯 이어지는 자장가?

있는 그대로 아무렇지도 않게 바람이 방향을 바꾸고
잠자리들이 일제히 몸을 돌리고
자장가가 다시 첫머리로 돌아간다.

방향 틀지 않고 혼자 떨어져나가
두 눈 굴리며 날갯짓 크게 하는 놈 하나
언제 나타났는지 달려드는 박새

순간 무릇들이 일제히 봉화를 올리고
공기가 놈을 슬쩍 옆으로 밀쳤다.
그가 무리 속으로 잠적하자
모두 함께 무릇 속으로 하강한다.
자장가도 잠자리도 무릇 속으로.

흔히 있는 일이지,
나는 혼잣말로 중얼거린다.
속속들이 자기만의 삶을 살아내지 못한다 해도
스스러워 할 건 없지.
그동안 이 지상에서 나도
거개가 나보다 나은 사람들 틈바구니에서 살았어.

밤꽃 냄새

아직도 뭔가 더 베낄 일이 있다고 이렇게 폐허에서
두리번대며 사람 숨 쉬던 자취 찾아다니는 일
흉물스럽지 않은가?
라고 생각하며, 사라지는 마을 속을 걷다보면
서 있는 집에도 무너진 집에도
함박꽃이 피기 시작하고
노을이 소주 단내로 피기도 했다.
간혹 나처럼 이상한 사람이 지나갔다.

무심히 모퉁이를 돈다. 담 밑에
구경꾼도 없이 아무렇지도 않게
중개 두 마리가 궁둥이를 맞대고 있다.
개들의 격정. 인간의 것보다 점잖군.
눈만 껌뻑인다.
엿 잡숴!
나무는 눈에 띄지 않았으나 밤꽃 냄새가
확 끼쳤다.

낙엽송

가을날 지상에서
잎새 말리며 겨울날 준비하는 그 어느 나무와도
마음먹고 다가가 눈을 맞춰보면
삶의 한 고비를 넘는 마음을 짐작할 수 있지만,
늘푸른나무와 잎갈이 나무들 속에 끼어 사는 낙엽송만큼
몸가짐 잘 빼주는 몸뚱어리가 또 어디 있을까?
다른 나무들 속에 없는 듯 살다가
저도 모르는 듯 고요히 황금빛으로 물드는
낙엽송, 주위 나무들과의 그 편안한 보색(補色)!
날이 차가워지면 점차 땅 빛에 채도(彩度)를 맞추다가
흙빛으로 돌아가기 직전까지 몸 가다듬으며 살다가
첫눈 내릴 때 옷과 살을 한 번에 털어버리는
저 삶의 환한 한 형상!

맨가을

예고 없이 터진 왼 눈 실핏줄 달래려
안약을 찾다 말고
풀다 만 엉킨 시간과 모자를 두고 나왔다.
눈앞에서 소리 없이 터지는 산책길, 소리 없이 터지는 하늘,
어차피 이 삶이라면 맨머리 맨시간이면 된다.
아, 이 맨가을!

공중에 걸쳐진 설치미술 철사에 달린 껍질 속에
숨죽이고 살다가
순간 터져나와 흩어지는 자귀나무 씨들,
터지고나면 이미 어디에고 눈에 띄지 않는,
살고 떠난 껍질만 가볍게 공중에 떠 있는,
처럼 살든가

길가 덩굴 위에 옹기종기
노란 껍질 접시에 빨간 루비들처럼 앉혀져
생각에 잠겨 있는 노박덩굴 씨들,
이미 바싹 마른 몸 한 겹 더 마르게 하는

그 뜻 모를 양광(陽光)을 참고 견디는,
처럼 살든가

한 번 걷어찬다. 빗맞아 다시 찬다.
한 번 더 차줘도 루비 하나가 완강히 버틴다.
허리 굽혀 손끝으로 마저 털어내려다
동작 멈추고 물끄러미 들여다본다.
몸에 남은 무언가 말없는 하나마저
앗을 준비되었는가?

겨울 빗소리

기척 없이 땅을 적시기 시작해서
하루 종일 들릴까 말까 한 목소리로
땅바닥에 깔리는 무색(無色) 몸짓,
어디엔가 쓸어 담으려 해도 담아지지 않는.

오늘처럼 겨울비 쓸쓸히 뿌리는 날은
지난 늦가을 바람 신산히 부는 해거름
우연히 올라가
가랑가랑 이리저리 구르는 가랑잎들과 함께
한참 서성이다 내려온 홍성 고산사에나 올라볼까,
내려오는 길에 걸음 멈추게 한 노인,
들릴까 말까 낮은 목소리로 중얼거리던
지옥에서 방금 걸어 나온 듯 얼굴 캄캄하고
살갗이 주름이던, 주름 속에 눈이 박혀 있던 노인
의 머리 위에 환히 올려졌던 저녁 해!

고산사, 맑게 낡아가는 조그만 조선 초기 법당 속
별로 잘생기지 않은 부처와 함께 군불 때며

시자 없이 주지 혼자 덤덤히 사는 곳,

우연인 듯 올라가

그와 눈인사 나누고 요사채 마루에 걸터앉아

들릴까 말까 한 목소리로 계속 중얼거리는

어디에고 쓸어 담으려 해도 담아지지 않는

겨울 빗소리 한참 듣다,

이런 생각이나 하려 여기 오진 않았지?

하며 슬그머니 일어나 내려올까.

내려오는 길에 걸음 멈추고

그 캄캄한 광채(光彩) 노인 다시 만날 수 있을까,

저녁 해마저 벗겨버린 빗소리 속에

두 눈 깊게 타고 있을.

잘 쓸어논 마당

쌀알 눈 사르락사르락 내리다 말다 할 때
어느 골짜기도 좋지만
우연히 들른 이름 없는 골짜기
일주문도 없이 숨어 있는 조그만 절에 닿기 직전
꽃이라든가 녹음이라든가
여럿이 내는 새소리라든가
돌 박힌 길에 제대로 착지 못하고 구르는 낙엽이라든가
긴 눈 맞고 있는 전나무 길이라든가
그런 게 없어
걷던 발걸음 그대로 오른다.

다 왔다.
깨끗이 비질한 마당에 눈 더 내리지 않아
무언가 더 쓸거나 지울 것이 없다.
꽃 있던 자리에 꽃 없고
풀 있던 자리에 풀 없고
사람 있던 자리에 사람 없는 곳.
그나마 마음 앗던 수국 불두화 배롱꽃이 없으니

박태기꽃마저 없으니

나비처럼 날아가 나비처럼 앉으려 해도 닿을 수 없었던

그래서 더 닿아보고 싶었던

생각이 끝 갈 데가 어딘가, 마음속에 떠올릴 연유마저 없다.

한눈에 들어오는 마당, 전부를 그대로 느껴버린다.

사람 사는 거리에서 그처럼 외우고 지우고 하던

색(色)의 본색이 바로 이것이었나?

어디선가 눈 한 톨 날려와 손등에 앉는다.

느낌 하나가 새로 태어나

자리 잡으려다 자리 잡으려다 잠잠해진다.

무언가 짧게 흐르다 만다.

겨울 산책

쥐똥나무 울타리 밑에서 주워 든
얼어 죽은 참새의 별난 가벼움,
빈 뜰에서 싸락눈 맞고 있던
철없이 핀 장미의 전신 추위,
엘리베이터에서 만난 여자의 살짝 들린 둔부
를 내리누르던 바위 같은 얼굴의 어둠,
이들 때문에 하루를 흐리게 한 죄 없느냐 묻는다면,
물으시는 분과 함께 골목길을 오르겠습니다.
아파트 뒷문을 나와
물건만 잔뜩 문밖에 내논 쓸쓸한 가게들을 지나
힘없이 싸우고 있는 두 여자를 지나
줄기는 말랐어도 늙은 호박 하나 늠름히 앉아 있던
지금은 비어 있는 슬래브 대문 지붕을 지나
시든 줄기 두셋 꽂고 있는 장미꽃 자리들을 지나
쥐똥나무 울타리까지 가겠습니다.
없는 것보다는 그래도 있는 것이 마음 설레게 하는군요.
쥐똥나무에는 주저하듯
까만 열매들이 영롱하게 달려 있었습니다.

얼음꽃

찬 서리 흰 별빛처럼 내린 아침,
커피 한 잔 없이 들숨 날숨만 데리고
얼음꽃 황홀하게 핀 나무들 사이를 걸었습니다.
추위가 회칼 같은 것으로 제 생살 저미듯 환히 피운 꽃
마음의 살을 막 저미는 꽃,
허나 걷다가 어디쯤서 뒤돌아보면
언제 그랬느냐는 듯
시듦도 떨어짐도 없이 지워져 있는 꽃.

눈에 하얀 고리 무늬를 그린 동박새가
눈가루를 뿌리며 납니다.
햇빛이 갑자기 가루로 빛납니다.
눈 알갱이 하나하나에 뛰어들어
사라지는 빛의 입자들,
만난 것 채 알아채기도 전에 벌써
오늘 그리운 얼굴이 찰칵! 방금 눈앞에서
옛 그리움이 되는 꽃.

하늘에 대한 몇 가지 질문
—안성 시경재(詩境齋) 주인 김윤배에게

대처에 끼어 살다 문득 정신 들면

먼저 비기 시작하는 곳이 머리 쪽인데,

오늘 아침 그곳에는 구름이 몇 점 떠돌던가?

하늘 가장자리는 제대로였나,

건물 프로필들이 뭉개지 않던가?

이즘 서울서는 좀처럼 보기 힘든 기러기가 오고 있던가?

전처럼 제대로 쐐기 모양을 이루던가?

저녁이면 지금도 별들이 한꺼번에 쏟아져 나오던가?

별들이 아직 말을 걸던가?

근황 물어도 대꾸 없는 놈 가운데

속이 타며 환하게 긴 금 긋고 내려오는 놈은 없던가?

도중에 금이 탁 끊기는 놈은?

끊긴 것들의 적막(寂寞), 하늘 떼 밀며

귀울음으로 오던가?

잠깐

잠깐!
삶이 잠깐이라는 말이 위안을 준다.
구두끈을 매다 말고
딱정벌레 등의 파란빛을 본다.
잠깐, 눈 돌릴 사이에
몇 섬광(閃光)이 지나갔지?

겨울의 아이콘

머리 위로 점점 새까맣게 덮어오는 갠 하늘
땅 쪽이 오히려 환하다.

동면에 들어간 나무들 사이를 걷는다.
낡은 녹색 외투 걸치고 줄 서서 잠든 상록수들 사이에
황갈색 트렌치코트 막 벗고 서 있는 소년 메타세쿼이아,
그의 상체 한가운데 꽉 박힌 어두운 달, 둥근 까치집,
설계 의도는 잘 보이지 않으나
꽉 찬 저 구도(構圖)!

환상처럼 끼끗한 까투리 한 마리 종종걸음으로
길 건너 사라진다.
길 양옆에 씨앗 다 날리고
하릴없이 서 있거나 옆 풀에 몸을 기댄 풀의 몰골들,
폴싹 주저앉은 놈도 있다.
폴싹한 놈 앞에 놓여 있는 작고 붉은 열매 하나
손바닥에 놓고 들여다보면
가운데 볼록을 살짝만살짝만 보이게 여민

단단한 매무시!
고개를 들면, 대낮 한가운데
캄캄한 달 환하게 박혀 있다.

늦추위

시도 때도 없이 눈발 치고
연일 추위가 활처럼 당겨지더니
마른 눈바람 땅에 채 내려앉지 않고
그냥 공중에서 휘돌고 있는 산책길
얼어 죽은 새가 나타났다.
모르는 체하고 지나친 몸뚱아리,
짚이는 게 있어 되돌아가 손에 올려놓고 보니
박새?
새로 곱게 빗질한 듯 하얀 털 가지런한 뺨에
입 꼭 다물고 두 눈 가볍게 내리깐
눈금으로는 잴 수 없는 착 가라앉은 고요,
하 가볍다.
추위가 이처럼 정(淨)하고 틈새 없는 죽음을 마련한다면
땅에 내려오지 않고 공중에서 휘돌고 있는 저 눈바람에
나직이 사발 종소리라도 울려줄 일이리.

속 기쁨

동백 혼자 피는 섬들이 있다.

삼천포 앞바다

수우도, 두미도, 그리고 더 자잔한 섬들,

천을 넘던 주민 수

두 손 손가락 두 번 접었다 펴면 끝날 만큼 줄어

바람이 불어도 바다가 잔잔한 섬,

버린 집터들에 동백만 탐스럽게 피는 섬,

오늘은 제 숨결을 감추지 못하고 있다.

뵈지 않는 몸속 도처에

생꽃 불놀이 불질하는 일보다

더 벅찬 기쁨 또 어디 있으랴!

봐라, 홀린 듯 섬이 흐른다.

뱃머리를 그리 돌리면

그냥 박혀 있는 체할 것이다.

눈을 잠깐 딴 데 팔면

놀 속에서 놀랍게 섬이

티 나는 배꼽춤을 출 것이다.

꿈이 사라지는 곳

산책길 좌우로 개망초꽃 자욱이 일고
나비들이 못 견디게 팔랑이며 날아다닐 때
못 이룬 꿈들이 눈앞에 나타나
깊은 속앓이 금들을 감춘 화사한 얼굴을 보여줄 때
이룬 꿈 못 이룬 꿈, 모든 꿈이 제비뽑기 꽝이 되는
그런 곳을 그리워하게 되었다.

혹시 고흥반도 끝머리 어느 외딴 언덕 자락
바다가 채 안 보이는 바다 가까이
누군가 두어 해 들어 살다 비운 두 반짜리 폐교,
봄이 오면 꽃들이
귀신들처럼 저희끼리 웃다가 지고
여름엔 잡풀들이
교실 바로 앞까지 와서 떠들다 가고
가을 저녁엔 나무들이 이사 가는 사람들처럼
어수선하게 여기 섰다 저기 섰다 하는 곳,
겨울엔 생각 절로 깊어지는 큰 눈 내리지 않고
잔 눈만 오다 말다 하는 곳.

국화차를 다리려다

독주(毒酒)를 꺼내 물에 푸는 밤

창틀 속엔 꿈 대신 보름 막 지난 달이

공연히 밝게 떠 있는 곳.

제3부 밝은 낙엽

쪽지 3

처음에는 꽃을 좋아했고, 다음에는 나무를 사랑했다. 그러다 점점 땅을 그리워하게 되었다. 땅은 꽃이나 나무처럼 쉽게 자신을 드러내지 않는다. 땅에는 형태가 없다. 받쳐주는 힘이 있을 뿐이다. 아파트와 산책길을 덮고 있는 아스팔트나 콘크리트도 열고 땅을 만져보고 싶다.

언젠가 밝은 낙엽이 되어 땅에 입 맞추겠지.

안성 석남사 뒤뜰

2006년 7월 25일 오후
마음의 사방 벽을 온통 눅눅하게 만든
장맛비와 장맛비 사이 반짝 얼굴 내민 햇빛 속에
하얗게 빛나는 화강암 돌계단 올라가
녹음 속에서 혼자 인사하고 들어간 대웅전
부처도 장엄도 건물도 잠들어 있다.
두 손 모아 아는 체해도 모르는 체 잠들어 있다.

밖으로 나온다.
곁채 그늘에서 강아지가 엎드려 졸고
눈앞에는 점박이 나비 하나
소리 없이 날고 있다.
이게 혹시 고요의 한 모습?

이끄는 발길 따라 조심조심 대웅전 뒤로 돌아가본다.
환하다,
땅바닥에 큰 타원 수놓으며 깔려 있는 저 융단, 저 이끼,
저 색깔!

몸 오싹할 만큼 마음을 쪽 빨아들이는,

그냥 초록도 아니고 빛나는 연초록도 아닌

그 둘을 보태고 뺀 것도 아닌

초록 불길 속에서 막 나온 초록 불길 같은,

슬픔마저 빼앗긴 밝은 슬픔 같은,

이런 색깔이 이 세상 어디엔가 있었구나.

이 만남을 위해 70년 가까운 세월이 훌쩍 지나갔는가?

바로 이게 혹시 저 세상의 바닥은 아닐까?

살아서는 두 발을 올려놓지 말라는.

사라지는 것들
—2006년 가을 삼협(三峽)에서, 오현 스님에게

이백(李白)이 새벽 구름 찬란한 백제성에서

가벼운 배 잡아타고

하루 만에 쏜살같이 내려온 삼협,

물길 그만 길들여져 5천 톤급 배에 실려

호수처럼 편안히 거슬러 오르노니

협곡 양편에서 종일 이백의 심금을 울린

원숭이 울음 잠잠하고

저 빼어난 무협의 십이봉

물속에 발목들을 잠그고 조용하고

구당협의 장비(張飛) 묘는 가라앉고

백제성은 저녁 안개마저 머물지 않는

조그만 섬이 되었구나.

짐승처럼 울부짖던 누런 여울들과

젖은 옷 살 속에 파고들어 완전히 벌거벗고

급류에서 밧줄로 배를 끌어올리던 배끌이들은,

그 몸에 소용돌이치던 붉은 피는,

고비마다 너럭바위에 밧줄이 긁어 만든 험한 금들

지구가 인간에게 끌린 자국들은,

이제 지나간 세월의 사진과 망각 속에 남게 되었는가?
장강(長江)의 숨을 일순 멈추게 하던
인간의 허리와 궁둥이들이!

오월동주(吳越同舟)

가도 가도 평화롭고 푸른 오월(吳越)의 들,
그러나 살인 현장에 인간의 피 흔적을 드러나게 하는
루미놀을 뿌린다면 도처에 핏자국 흥건하리라.
——2007년 4월 12일 일기에서

마음속에서 오래 서로 힘 겨루던 오와 월의 땅을
오늘 비로소 버스로 달리노니
봄꽃들 사방에 꿈결처럼 피어 있고
버들들 이 땅 저 땅 가리지 않고
개구리밥 뜬 녹색 물에 긴 녹색 머리칼 담그고 있다.
때 되면 물이 마음 놓고 드나들도록 밑층을 내주는
서로 닮은 이층집들이 계속 흘러가고 있을 뿐
한나절 달려도 지평선이 이동하지 않는다.
오월 사이를 가른 것은 떼거리 짓는 자들의 짓,
회계산(會稽山)에 닿을 때까지
경계 같은 것은 보이지 않고
같은 장면 속을 그냥 달렸다.
버스 멈출 때
세로줄들로 머리에서 발끝까지 매듭 하나 없이 문신(文

身)한

강남의 용(榕)나무들이 말했다.

사방이 꽃과 버들 그리고 꿈결 같은 봄인데

무슨 경계가 있겠는가?

여름이 왔다고

물이 어느 한쪽 땅만 어루만지다 말다 하겠는가?

장가계(張家界)에서

앞으론 풍경 앞에서
두 배로 감탄하며 살자 마음먹은 게 언제?

중국 장가계의 수천 바위 봉우리,
어깨, 허리춤, 무릎, 흙이 잠시 묻은 곳, 갈라진 틈,
그 어디에고 나무를 키우는 봉우리들이 이처럼 많이
이렇게 바투 모여 사는 곳이
이 세상 한구석에 남아 있을 줄은 미처 몰랐다.
붙어 있는 나무 한 톨 없이
꼿꼿이 목 세운 봉우리도 있었다.

감탄을 다시 반으로 줄여 살기로 한다.

다른 색깔, 다른 꼴, 다른 맛들,
모양 엇비슷하면서도
기르는 나무나 표정이 다른 바위들과
계속 만나고 헤어지다보면
눈앞에서 호랑나비들 난다.

하나는 날개 무늬가 포물선
또 하나는 약간 벌어진 쌍곡선
또 다른 하나는 흥미 없다는 듯
벌써 멀리 날고 있다.

저 아래 개미처럼 기어 들락대는 버스들,
개미의 다리 관절보다 더 작은 점 같은 사람들이
타거나 내리거나 떼로 걷거나 혼자 처진다.
처진 쪽으로 점 하나가 달려간다.
바로 눈앞에는
손 내밀다 무언가 쥐어지자 화사하게 웃는 원주민 소녀,
그 뒤에는
슬쩍 고개 돌리는 소년,
산뜻한 기운이 마음의 벽을 적신다.
개미 다리 관절 크기의 사람인들
그저 사람일 뿐이겠는가!

잘 만들어진 풍경

시집 잘 받았다고 기행 산문집과 함께
박완서 선생이 부쳐주신 사진,
몽마르트르 언덕인가,
저 건너편 흐릿하게 뭉개진 게 혹시 파리 시내?

베레모에 트렌치코트를 입은 사내가
한 손을 뻗어 옆에 세워논 첼로 위에 우산을 펴들고
한 손은 코트 주머니에 찌른 채 비를 맞고 있다.
하늘이 풀어져 있다.
택시를 기다리는가?
카메라 셔터를 기다리는가?
아무것도 기다리고 있지 않는가?

그의 왼편에는 우비 입은 등을 보이며
비스듬히 세운 이젤 앞에 서서 태연히
비 맞는 풍경을 매만지는 사람이 하나 있고,
그들 사이 시야를 가로지르는 난간 한가운데는
사진에는 채 드러나지 않는 가파른 계단 입구가 있어

누군가 그 어느 날의 나처럼
첼로, 이젤, 우산, 우비 없이
트렌치코트도 없이
후줄근히 젖어 주머니에 찌른 손을 달고
올라오고 있을 것이다.
천천히 올라오고 있을 것이다.
타지에서 맨비에 젖는 맨추억을 가지고
올라오고 있을 것이다.
그가 계단 위로 상체를 막 내밀어
사진 안으로 들어오기 직전,
맨추억을 받아들이지 않으려는 꽉 찬 구도가 숨 쉬고 있는
이 풍경!

구도나루 포구
—시인 오정국, 박주택, 박만진과 함께

별 내용 들어 있지 않은 민짜 여행시를 하나 쓰자.
잘난 경치도 없고
타곳에서 불현듯 돋을새김되는 삶의 요철 쓸어보고
그동안 뭘 살았지? 하며 맥 놓고 버스에 오르거나
숨 막히는 경관에 마음 쩌릿쩌릿하지 않고
보통 풍경과 그저 한때 같이 보낸 시.

2008년 5월 중순 어느 오후 서산시 서쪽,
팔봉산을 등 뒤에 부려놓고 나앉은 구도나루,
가로림만이 눈앞에 호수처럼 떠 있고
건너편 언덕들이 담채(淡彩) 그림자를 물 위에 드리우고
배들이 충청남도 말씨처럼 천천히 들락날락하는,
그렇다고 예찬(倪瓚)*의 속도 줄인 물 그림이 풍기는
쓸쓸한 고요도 없는,
별 볼일 없이 편안한 곳.

며칠 동안 철모르고 서해안에 몰려든 광어 떼
식당 속까지 헤엄쳐 들어와

시인 넷이 5만 8천 원에 소주 한잔 곁들여
회와 매운탕을 띠 풀고 먹은 곳.

일하는 후배들 먼저 가고 혼자 남아
포구의 저녁과 버스 막차 시간이 남아
갈매기 불규칙하게 나르는 조그만 부두를 거닌다.
하늘 한가운데로 점점 높이 솟던 봉우리 구름 꺼지고
기다렸다는 듯 저녁 별 하나 건너편 하늘에 돋는다.
잔잔한 바다가 들판처럼 어두워진다.
제 느낌을 타려다 타려다 채 못 타는
외로움 이전의 날 외로움과
앞서거니 뒤서거니 걸은 곳.

* 중국 원(元)시대 화가. 그의 호 운림(雲林)은 허소치의 화실 이름을 '운림
산방'으로 만들었다.

태안 두웅습지

저녁 무렵 그리고 다음 날 아침 한 차례씩 걸은
지난해 늦가을 기름 벼락 맞은 태안군 신두리 모래언덕
맨발로 걸으면 점점 되살아나는 발바닥의 감촉,
모래의 질긴 삶이다.

계속 옆구리 치는 물결 소리에 밀려난 좀보리사초들,
뭉개진 둔덕 위에 올라가 모여 있다.
펜션에서 환히 웃고 있는 유채들보다
촘촘한 삶.

그들과 한바탕 만나고 빠져나오다가 만난
두웅습지,
바다와의 두 차례 질펀한 대면 끝에 만난 손바닥만 한 물,
조그만 얼굴, 어디선가 눈뜨고 잃어버린.

연잎 열 몇 장 물 위에 올라 있고
건너편엔 흰뺨검둥오리 하나
새끼 서넛 뒤에 단 채 천천히 헤엄치고

무늬 다른 나비들 뒤섞여 날고

새들이 새로 울고 있다.

도중에 풀과 웅덩이가 길을 뭉개

조그만 한 바퀴 돌기가 쉽지 않다.

그만큼 더 서성인다.

불편한 삶, 뭉개진 삶이, 더 질기고 촘촘하던가? 더 그립

던가?

휘파람새가 역시 서툴게 울던가?

마음 다시 설레고

평생 얽히고 긁힌 연(緣)과 상처의 엉긴 밧줄과 헝겊 조각

들이

횅하니 꿰뚫려 뵈기도 하던가?

밝은 낙엽

그래, 젊음 뒤로 늙음이 오지 않고
밝은 낙엽들이 왔다.
샤워하고 욕조를 나오다
몸의 동체(胴體)를 일순 바닥에 내동댕이치고
숨 한번 크게 쉬었다. 늙음을 제대로 맞으려면
제대로 착지법(着地法)을 익혔어야.

그래, 기(氣)부터 채우자!
바람 기차게 부는 날
용의 등뼈 능선 사자산을 찾아 나선 길
긴 굽이 하나 돌자 얇은 반달 하나 하늘에 박혀 있고
나무들이 빨강 노랑 갈색 깃들을 날리는 마른 개울가엔
누군가 돌부처로 새기려드는 걸 온몸으로 막은 듯
목과 허리에 깊은 상처받은 바위 하나 서서
품으로 날아드는 색깔들을 밝은 흐름으로 만들고 있다.
어떤 나무의 분신이면 어떤가,
착지, 착지, 땅이 재촉하는데?
밝음 하나를 공중에서 낚아챈다. 바람결에 놓친다.

착지, 착지, 땅이 재촉하는데

밝은 몸 한 장

땅 어느 구석에 슬며시 내려앉지 않고

뒤집혔다 바로잡혔다 긴가민가하게 날고 있구나.

겨울 통영에서

그대와 헤어진 남해안 풍경들이
새벽꿈에 소나기처럼 쏟아졌다.
서 있는 듯 가던 섬들,
뻘 위로 팔이나 목을 내민 폐선(廢船)들,
짧은 방파제들,
늘 혼자였던 무인 등대.
바다가 보이지 않는 모텔 방에서 깨어
출렁이는 것을 찾아 나섰다.
그대 떠나자 몇십 년 만에 찾아왔다는 추위
비뚤게 얼어붙었던 남망산이
풍경 소나기를 맞고 제 모습을 갖추었다.

밀물 가득 차올라 울렁이는 선창을 거닐다
나도 모르게 들어선 어시장,
이 추위에 물고기들이 용케 살아들 있다.
갑갑한 김에 잘 만났다는 듯
물 위로 얼굴 살짝 내미는 놈도 있다.
반기는 놈에게 어떻게 인사 안 한다?

눈으로 물으며 주위 둘러보니
사람들은 모두 흰 김 달린 숨을 쉬고 있었다.

그대 없이 섬들만 남아 가다 서다 하는
눈이 오다 말다 하는 산양일주도로를
띄엄띄엄 달려
섬들과 바다 속에 가슴팍 내밀고 있는 달아공원에 닿아
눈 껌뻑이는 차의 숨소리 죽여놓고
목도리와 목덜미를 풀어 젖히고
섬과 섬 사이로 터지려다 마는 바다를 향해
눈 소나기 냉하게 맞고 있는 자를 만난다.
서로 내면(內面)하리!

젖은 손

어미나무 발밑에 묻혀
어미 그늘 젖히고 햇빛 터줄 산불 나기를
백 년 넘게 기다리는 씨앗도 있다지만,
사당역 전철 본부 골목 10년 단골 지하 호프 '피카소'
가랑눈 흩날리던 그 저녁
멍든 얼굴에 미소 지으며 마담이 다음 날 문 닫는다며
인근에서 새 지하 호프 불 켤 날 기다리라고 했것다.
그게 어느 미래의 불빛이었던가?

이 겨울,
미래가 담담히 미래로 남아 있는 곳이 어디 있나?
자투리 시간 잘라 들고 나온 산책길,
알맞게 버짐 먹은 갈색 둥치 산딸나무와
검은 옷 차려입은 아메리카산 산딸나무가
번갈아 서 있는 길을 걷는다.
밋밋한 둥치들이 한없이 느린 맥박으로
나이테를 긋고 있는 느낌 전해온다.
손가락 반 길이 잔가지 끝에 잎눈 단단히 붙인 칠엽수들과

철 지난 낙엽 달고 무심히 서 있는 참나무들
그래, 기다리는 것 같지 않게 무언가 기다리고 있다.
뒷모습 평범한 여자 하나 지나친다.
뒤돌아본다. 아 입 꼭 다문 잎눈 여자!

산불 나기를 백 년 넘게 기다리는 씨앗도 있다지만,
다시 흐름에 이어줘야 할 이 시간의 자투리가
마냥 살갑다.
내 몸속에서 젖은 손 하나가 천천히
엉겨 붙은 각질(角質)의 관(管)들을 풀어준다.
익숙한 손맛!

대상포진

병 이름 제때 몰라 아픈 왼팔 접지도 못하고,
십 년 전 가출했다 탕자로 돌아온 오십견이군!
할 수 없이 다시 데리고 살 준비를 하는데,
잠자다 아파 깨어 울음 참고 눈물 쏟는 사이
가구들이 뒤로 물러서고
개나리 지고 벚꽃 피고
라일락이 가쁜 숨을 내쉴 때
불현듯 대상포진이라는 옛 진법(陣法) 같은 이름이 나타
났다.
병원에 다니며 다시 사흘 밤을 눈물 흘리며 잠을 설친다.
아파트 영산홍이 피고
산책길 뙈기밭 가에 꽂혀 녹슬던 가시투성이 막대들이
연초록 두릅 순을 피우고 있었다.
목, 겨드랑이, 사타구니를 찢으며 피우고 있었다.
아 또 한 번의 삶!

온몸의 피가
목, 겨드랑이, 사타구니의 틈새를 찾아 헤매는 꿈을 꾼 아침,

가구들이 제자리로 돌아왔다.

오랜만에 천천히 대면하는 햇빛!

나에게서 해방된 고통, 그 눈물 삼킨 밤들은 어디로 갔는가?

몸이 괴괴하다.

추억은 깨진 색유리 조각이니

봄기운 배기 시작한 발코니에 들어가
겨우내 엉겨 있던 나뭇가지들을 풀어준다.

줄기 하나가 휙 몸을 틀며 팔을 아프게 친다.
추억 조각 하나가 튕겨 나와 반짝인다.
눈 감고 한없이 눈발에 몸 맡기고 누웠다 일어난
서해안 바닷가,
팔다리와 몸통에서 빠져나갔던 감각들이 하나씩 돌아오고
바다는 천천히 움직이는 한 덩이 빛 감춘 황홀한 색채였다.

또 한 줄기가 팔을 친다.
마냥 걷다 걸음과 마음을 함께 접은
지척 분간할 수 없던 봄밤 덕수궁 담길,
중력이 불시에 한곳으로 쏠리곤 해
가로수와 담이 번갈아 몸을 받아주었다.
내장들이 투덜대지 않고 버텨준 게 얼마나 고마웠는지.

다른 줄기가 풀리며 이번엔 팔을 헛친다.

허전하다.

다시 감았다가 풀어주며

몸 전부를 내어놓을까?

깨어지는 색유리의 반짝임과 찌름을 한 느낌으로 지닌

저 엉겼다 튕겨 나오는 추억 쪼가리들!

저 흔하고 환한!

이 년 만엔가 들어선 잊어버렸던 산책길 골목,
새로 얼굴 내민 간판 하나,
'아름다운 머리 돌려드립니다.'
장미 하나 외롭게 피어 있는 담을 넘으려다 들키자
옆 나무의 머리를 쓸어주는 바람,
머리 흔들며 딴청부리는 소년 가죽나무,
강아지 하나가 서툴게 소리 연습을 하고 있다.
이게 과연 내 목청?

T자형 골목 끝에 올라가 내려다본다.
담들 위로 고개 내민 꽃나무들이
살짝 하늘의 치맛단을 들치고 있다.
문득 가늘고 짧은 어린 새소리,
연필심 목구멍 하나 새로 뚫렸구나.
어린 나뭇잎들이 혀 내밀고
다투어 공기 맛을 보는구나.
뒷집에서 흘러나오는
감칠맛 나는 허스키 웃음소리.

바로 오른편 슬래브 문 위에 호박꽃 하나가
엽기적으로 싱싱하게 피었다.
방금 꽃가루 잔뜩 묻힌 벌 하나 기어 나와
무엇에 취한 듯 잠시 비틀거린다.
나도 잠시 비틀거린다.
아 날개가 있었지, 슬쩍 펼쳐보고 벌이 날아오른다.
사방에 널려 있는 저 예쁘고 흔하고 환한 잡것들!
과연 앞으로 우린 얼마나 꽃 피우고 벌 나비를 불러
삶의 맛을 제대로 축낼 수 있을 것인가?

삶에 한번 되게 빠져
―고흐의 최후 작품 '밀밭 위의 까마귀'에 부쳐

하늘은 진회색 검정 물감 덩어리들이 모여
컴컴하게 웅크린 숲,
두어 군데 터지려다 만 공터도 보인다.
땅은 해가 어딜 가고 없는데
해 거죽처럼 싯누렇게 타고 있는 밀밭,
흑점 같은 것도 두어 구석 박혀 있다.
마지막 붓을 든 채
고흐가 물구나무서서 세상을 보고 있는가,
혹시 베드로처럼 십자가에 거꾸로 매달려?

양편에 길고 넓은 녹색 견장을 붙인 붉은 흙길
왼편 아래쪽에서 흘러 들어와
밀밭 속으로 들어가다 급정거,
외마디 피스톨 소리!

까마귀들이 풍경을 엎지르며 나른다.
한데 눈 팔아도, 눈을 감았다 떠도, 한참 딴청하다 봐도
쉬지 않고 떼 지어 날고 있다.

막 떼쓰는 이명(耳鳴)?

귀 속에서 고흐가 속삭인다.

그 누구도 꺼내줄 수 없는 삶에 한번 되게 빠져

머릿속 생각들이 일시 역류(逆流)하면

하늘과 땅이 서로 자리를 바꾸기도 하지.

곁에 아무도 없어 몸서리치던 긴긴 겨울 저녁도

아침나절 봄기운에 얹혀 창가에 머물던 잔잔한 기쁨도

누런 밀밭 가득 까마귀 나르는 미치겠는 여름 오후도

모두 땅의 일.

나 같은 자가 이 세상에서 한 일은

하늘과 땅을 위아래 두지 않고 산 것,

하늘보다 더 환한 땅도 있었어.

까마귀는 극락조와 핏줄이 같은 새,

땅 하늘 밀밭 사람 속을 가리지 않고 날았어.

삶은 아직 멍청합니다─편지

얼굴이 많이 까칠해졌습니다.
허나 감기 타듯 암벽 타듯 해온 삶
손보지 않겠습니다.
삶은 아직 멍청합니다.
딸인가 눈 지그시 감은 아이 옆에 세워놓고
손 벌린 눈먼 사내에게 천 원으로 알고 내민 만 원
깡통에 떨어트리고
천 원짜리로 알았겠지? 아쉬워할 만큼
삶은 아직 멍청합니다.

기억의 화면에는 온갖 것들이 무작위로 뜹니다.
산책길에 굴러 내리다 간신히 자리 잡았던 돌이
또다시 구릅니다.
싸락눈 흩날리는 뜰에 혼자 핀 꽃이
겁 없이 골똘한 생각에 잠겨 있습니다.
왜들 그러는지 모를 만큼 멍청합니다.

오늘은 마을 공터에서 아이들이 날리는 배드민턴 콕을

재치 있게 피했지요.
언젠가 이런 편지 쓰는 일마저 싫증나면
마음 한가운데 생짜 공터가 생기리라는 생각이
마음 설레게 합니다.

생각나시면, 지난해 새끼줄로 칭칭 동여맨 나무들
두번째 봄비 내릴 때 풀어주십시오.

제4부 무굴일기(無窟日記)

쪽지 4

마음을 다스리다 다스리다 슬픔이나 아픔이 사그라지면
기쁨도 냄비의 김처럼 사그라지면
저림이 남을 것이다.

무굴일기(無窟日記) 1

갈수록 꿈이 쓸쓸해진다. 서로 다른 띠 두른 악몽들이 도처에 출몰해도 조그만 옥호 달고 파전에 술 파는 집들이 숨어 있는 골목들이 끝나고, 도시 변두리, 마지막 공연 끝낸 곡마단이 하늘 덮었던 천막을 막 거둔 정경. 북소리와 피리 소리 사라진 반쯤 뜯긴 무대와 반쯤 어두워진 하늘, 둥근 테이블 주위에 접이의자 몇이 둘러앉아 있는 장면. 언제 나타났는지 어릿광대 옷에 뿔테안경 낀 성성(猩猩)이가 외서(外書) 하나를 옆구리에 낀 채 아슬아슬하게 쌓아올린 상자 위에 올라앉아 무연히 아래를 내려다보고 있었다.

하루만 석굴 속에서 참선하게 해달라는 내 청을 주지는 받아들이지 않았다. '이곳은 거사 같은 분이 밤을 보낼 곳이 못 됩니다. 젊었을 때부터 돌과 함께 숨을 쉬어본 적이 없는 사람은 돌 빛에 큰 병들지요.'

손전등 빛 속 바위들의 감촉은 그래도 견딜 만하다고 속삭였다. 무(無)가 채 들어와 박히기 전 무 생각의 화강암 무늬들! 그러나 주지는 한번 살펴보는 것으로 족하다는 얼굴을

했고, 바위들은 말을 삼가겠다는 표정을 지었다. 굴 밖에는 바글바글한 햇살, 기다렸다는 듯 참으아리가 덩굴손을 내밀었다. 손을 마주 내밀자 몸 한구석이 저려왔다.

무굴일기 2

58년 여름 처음으로 낙산사로 흘러갔을 때, 의상대에 올라가 만난 망망한 바다 한가운데서 막 태어나던 보름달, 수평선에서 의상대 앞까지 일렁이는 물 위로 은빛 뿌린 금박(金箔) 카펫을 확 깔며 솟아오르던 달, 바람도 선선하고 넉넉했다. 달이 떠오르자 하늘과 달과 바다와 바람이 한 몸 되어 넘실대는 어깨춤. 이건 또 뭐냐, 북 치고 피리 불고. 달이 높이 뜨고, 혼자 환하고 적막했다.

얼마 후 돌아온 강당, 여럿이 두 줄로 누워 자는 자리. 몸을 뒤척이지 않고 숨을 깊게 쉬어보아도, 늘 하던 대로 나는 지금 시체다 최면을 걸며 근육 하나하나의 긴장을 풀어보아도, 네가 무슨 시체, 시체 되고 싶어 하는 시체가 어디 있냐? 도무지 잠이 들지 않아, 몸을 일으켜 미리 봐두었던 홍련암으로 내려갔다. 문을 열고 들어가 불단 앞의 초에 불을 댕겼다. 관세음보살의 많은 손들이 오르내리고, 손잡이 달린 마룻장을 들자 암자 밑에까지 들어와 숨죽이고 있는 바다. 나도 같이 숨을 죽이자 잠시 후 핏줄 한구석에서 저릿저릿 불놀이가 시작되어 온몸으로 천천히 번졌다. 암자 안 20여 개의 촛불 모두에 불을 댕겼다. 불들이 일제히 춤을 추기 시작하자, 이건 또 뭐냐, 북 치고 피리 불고. 나가라고 촛불들이 속삭였다. 밖에서 보는 암자 전체는 불 밝힌 하나의 커다란 연꽃, 환하고 적막했다! 강당으로 돌아와 먼저 떠난다는 글을 적어 일행의 머리맡에 놓고 대강 방향 잡은 양양을 향해 길을 나섰다.

그 밤, 모기떼가 얼마나 심하게 달려들던지, 끼고 다닌 책으로 쳐서 잡은 것만 10여 마리. 홍련암이 환하고 커다란 불타는 연꽃 송이로 공중에 올라 꽃잎들을 활짝 여는 모습을 상상하며 걸었다. 통금이 각박하던 때 군용 트럭 소리만 나도 길 옆 논으로 내려가 숨으며, 달이 지고도 얼마나 그렇게 헤맸던가. 어둠의 한 모서리가 조금씩 꺼지며 올리브색 바다가 일렁이며 나타나고 그 위에 긴 물금이 얹혀지고 물금 한 곳이 자못 요란해졌다. 해변엔 해송이 건성건성 서 있는 숲, 무덤들이 들어 있었다. 안으로 들어가자 소란스러웠던 물금 위로, 가슴 쩍 벌어진 바다 위로, 해가 머리를 내밀었다. 아무것도 걸치지 않은 눈부신 원반의 황홀, 해와 바다가 몸과

몸으로 맞비비는 빛부심, 아 이건 또 뭐냐, 북 치고 피리 불고, 환하고 적막했다! 파도가 조금씩 치며 물새들이 날아들고, 끼고 다닌 책 바다 앞에 놓아둔 채 나는 길 쪽으로 밀려났다.

약속 없이 만난 동해 달돋이의 도취, 도취 속의 환한 외로움. 속을 온통 밝혀 연등이 된 조그맣고 아름다운 암자, 눈부신 쫓겨남. 어둠 속을 마냥 걸어 도달한 바닷가 해돋이의 찬란, 빛부신 밀려남. 그날 일은 그 후 지금까지 몸속에 물결 감추고 흐르는 삶의 진액, 간헐적인 독한 그리움으로 남아 있다. 달과 바다가 만드는 춤과 춤 속에 홀로 남는 청년, 촛불들이 못 견디게 춤추는 암자에서 쫓겨나는 청년, 바닷가 무덤들 사이의 찬란한 일출의 황홀에서 밀려나는 청년의 모습이 내 삶의 여기저기 접어논 갈피들에 끼어 있다. 한없이 불안해하고 한없이 황홀해하는 그의 얼굴, 세월이 그처럼 바뀌면서도 변하지 않는 그 얼굴이 떠오를 때마다 나도 모르게 몸이 저려오곤 한다.

무굴일기 3

푸른 광택 칠한 가죽처럼 두껍고 단단한 동백잎들 사이에서
속은 몰라도 고풍(古風)스런 겨울을 나고 있다는
환희의 붉은 눈물이 뚝뚝 떨어진다.
눈물임을 어떻게 알았나?
몸이 이처럼 저려오기에 알았지.

곡마단에서 광대놀음하는 성성이처럼 살았다.
숨을 굴 없는 안경 낀 성성이처럼 살았다.
바람은 여직 쌀쌀맞기 그지없는데
목련들 백자 등불 일제히 켜 들 때도 한참 남았는데
이렇게 굵고 뜨거운 눈물 몸속 어디에 있었나?
해와 달에게
묶인 끈 당겼다 늦췄다 하며
넉넉하게 하늘을 돌라고 속으로 외치기도 하지만,
성성이도 채 벗을 수 없는 이 몸,
참을 수 없는 이 저림 속 어디에 있었나?
뜨거운 눈물은 숨어 있어도 뜨거운 눈물,
삶의 내벽(內壁)을 한없이 투명하게 한다.

그렇다, 아직은 채 안 보이는
저 *끄트머리*까지 저릴 것이다!

박새의 노래

두 숲이 타고 있었네
밤이 깊어도 잠들지 못하고.
오랜 동안 멀지도 가깝지도 않게
아무렇지 않게 서로 바라보기만 한
두 숲이 타고 있었네.
한 숲이 잔기침을 하고 조금 후에
불 핏줄을 내보이자
잠자코 있던 건너편 숲이
불혀를 내밀었네.
실비 속에 두 숲은 날 샐 무렵까지 탔네.

비 그친 아침 빨려들듯 숲 속에 들어갔지.
아무리 찾아봐도 어디 탄 자리 뵈지 않았네.
놀랄 건 없지, 그처럼 오랜 동안 서로 멀지도 가깝지도
아무렇지도 않게 살며
타며 재 안 남기는 법 익히지 못했겠는가?
눈에 띄진 않지만 가까이서 박새가 노래했네,
허지만 갔어, 이제는 다들 그만 맛이 갔어.

쓸쓸한 민화(民畵)

골목길 언덕배기
목덜미 페인트 벗겨진 세발자전거
싸락눈을 맞고 있다.
언덕 아래선 연탄 리어카 한 채
아낙이 끌고 사내가 뒤에서 밀며 오르고 있다.
하늘이 언덕 아래로 잔뜩 접혀 있고
그 위로 싸락눈이 흩날리고 있었다.
땀 젖은 사람 둘과 까맣게 안면 굳힌 연탄들이
언덕배기에 올라섰다.
누군가 허리 펴고 숨 한번 크게 내쉬자
하늘이 다시 위로 제껴졌다.
세발자전거 뒤에 개 하나 검은 안경 낀 사내 하나
뵈지 않는 얼굴에서 뵈는 얼굴로 바뀌며
싸락눈을 맞고 있었다.
개 얼굴이 먼저 움직였다.
강아지와 붓 통만 남은
민화의 쓸쓸함.

빈센트

빈센트 반 고흐처럼
계속 물감 바르라 보채는 캔버스들을 벗어나
어디 숨 좀 쉴 공기를 찾아 피스톨 방아쇠에 손가락을 걸
까마귀 줄지어 나르는 누런 밀밭이 아직 있을까?

가며가며 금속피로처럼 쌓이는 마음의 안개 잠시 밀어내고
과일과 과자 꾸러미를 사 들고
뵈지 않게 숨어서 우는 아이들을 찾아가
'눈물 그만, 여기 맛있는 사과와 과자가 있네!' 달래
울음을 그치게 하고
파워레인저 로봇들을 하나씩 손에 쥐어주고
'이제 나는 가도 되지?' 말하고
넌지시 세상 밖으로 나갈 수 있을까?
눈 한번 딱 감고 걸어
사방에 아무도 없이 밑불들만 간지럼 타듯 타는 곳으로
나갈 수 있을까?

사당동패

달에 한 번쯤 금요일이나 토요일 저녁 여섯 시 반
사당역 부근 남원집이나 봉화집에 모여
각자 비장했다 들고 나온 술 나눠 마시거나
유사(類似) 폭탄주를 제조해 돌려 마실 때
나하고 나이 높이 차 얼마 안 되나
선도(鮮度), 시화호 묵은 물과 출렁이는 망양정 물결만큼
벌어진 존재들.

이 끝물 가을에 아직 물 안 간 인간은
무섭게 살아 있는 무 배추처럼 시퍼렇다.
술 여러 순배 돌고
글 쓰는 고통과 외로움을 서로 삭여주고 다듬어주다가
내 잠시 길을 잃고
모씨의 글은 여기 자르고 저기 자르며 읽어야겠지, 하면
그대들은 왜 말을 가위처럼? 하는 얼굴들을 한다.
아차, 내가 플라톤을 닮으려 했구나!

창 캄캄하고

빈 병 헤아릴 때 되었다.
문득 창밖을 스치는 가을 밤비, 바람이 없는지
조그만 몸들이 성글게 아스팔트에 머리채 부딪는
낮은 소리로 속삭인다.
이제 각자 제 길 갈 시간,
그대들 얼굴마저 가위표 표정들로 마음에 뜬다면
이 세상 얼마나 한심하고 쓸쓸하랴?

콘크리트에 묻은 흙에 몸 붙이고 숨 쉬다가
천천히 머리 드는 가을 쑥 하나,
속에 쑥 내음 여태 묻어 있는가?

한여름 밤의 끝
—사당동패가 거의 매년 찾던 울진군 후포항 인근 집을 최근
처분한 김명인에게

환한 부채들이 접혀졌다.
방음 유리창 속을 보듯 조용하다.
패거리가 오랜만에
후포항 바닷가 허름한 횟집에 들어가
큰 파도 밀려오는 바다를 내다보며
그대 들고 온 소박한 화란 소주병을
비우고 있었다.

오늘 같은 줄 파도치는 날은
방파제에 올라 고기를 꼬이다
잡힌 고기 몇 가던 길 가게 풀어주고
팔베개하고 밀짚모자로 얼굴 덮고 누워
파도 소리 들으며 잠들어도 좋겠네요,
누군가 말했다.
이따금 파도의 젖은 머리칼이
목덜미를 쓰다듬는 느낌도 괜찮겠지.
모두 고개를 끄덕였다.

그대가 창을 향해 손을 쳐들었다.

물결이 창에 뛰어올라 잠시 숨을 멈췄다가

천천히 흘러내리고 있었다.

두 눈 질끈 감고 뛰어오른 파도가

이처럼 창에 바싹 붙어 서서

방 안의 우리를 정답게 들여다보며

흐르기 싫다는 듯 싫다는 듯 흘러내리는 모습

(이보다 더 그립게 지워지는 삶 또 어디 있으랴)

앞으로 또 어디서 보게 될 것인가?

후포항이 그대 뜬 항구를 떠나

그대 비슷한 모습만 봐도 반가움에 떨며

세상 이 구석 저 구석을 기웃거릴 때.

헛헛한 웃음

요새 뭘 하지?
뭘 하다니?
선산 도리사(桃李寺),
갓 스쳐간 낮비에 젖은 길 내려가
소나무 우듬지들 한가운데
아도화상 바위 의자에 올라 모양새 갖추고
오뉴월 몰려드는 생각의 검은 구름 떼를
짝퉁 항마촉지인(降魔觸地印)으로 잠재우려 든 일도
벌써 두 달여, 볕 여직 따가워도
저녁 어스름 바투 밀려오기 시작하는데
뭘 하고 있지?
뭘 하든 않든 아침저녁으로
하늘과 땅이 서로 들고 난 곳을 새로 맞춰보는
소나무들이 솔가리를 촘촘히 빗질해 내려보내는
가을이 오고 있겠지.
그래 그 가을의 문턱에서 지금 뭘 해?
여름내 속으로 미워한 자 하나
내처 미워할까 말까 망설이고 있지.

그 할까 말까가 바로 피 말리는 일,

아예 소매 걷어붙이고 나서 미워하든가

마음에서 슬쩍 지워버리는 거야.

아니면 어느샌가 바위의 따스함이 그리워지는 저녁,

바위의 피부를 간질이는 가벼운 햇볕,

볕이 춤춰, 하면 드리워진 그림자처럼 가만히 춤추다가

생판 상관없는 사람이 되어 한번 헛헛하게 웃든가?

해바라기

둘이 앉아 있었네
해 설핏한 가을날 벤치.
남몰래 중년을 훌쩍 넘겨버린 두 사람,
그들의 무릎 위에 볕 한 조각씩 환했네.
머리 위 노란 은행잎들
각기 제 곡선 그으며 떨어지고
어떤 곡선은 그들의 발치에 닿았네.
발밑에선 파리한 풀잎 몇
모양보다는 눈짓으로 흔들리고 있었네.
'헤어지지 말아야 했지요'
'하필 그때 눈보라가'
'한낮이 한밤이었지요'
'걷혀도 역시 눈보라'
그들은 서로 앞만 보며
짧게 짧게 말을 주고받았네.
말 몇 차례 더 오가고
마디풀 같은 세상의 한 마디가 갔다가 다시 왔네.
그리고 갔네.

가을날, 다행이다

며칠내 가랑잎 연이어 땅에 떨어져 구르고
나무에 아직 붙어 있는 이파리들은 오그라들어
안 보이던 건너편 풍경이 눈앞에 뜨면
하늘에 햇기러기들 돈다.

냇가 나무엔 지난여름 홍수에 실려 온
부러진 나뭇가지 몇 걸려 있고
찢겨진 천 조각 몇 점 되살아나 팔락이고 있다.
쥐어박듯 찢겨져도 사라지긴 어렵다.
찢겨져도 내처 숨쉰다.

검푸른 하늘에 기러기들 돌아온다.
다행이다.
오다 말고 되돌아가는 놈은 아직 없다.
오다 말고 되돌아가는 하루도 아직은 없다.
오늘은 강이 휘돌며 모래 부리고 몸을 펴는 곳
나그네새들과 눈 맞추고 헤어진 일 감춰둔 곳을 찾아보리라.

외딴섬

—다도해를 제대로 보여준 박태일 시인에게 론도(rondo)풍
으로

끊어진 줄을 끌며 타박타박

흑염소가 혼자 돌길을 내려왔다.

작은 배 하나 간신히 댔다 뗄 수 있는 부두,

지금은 비어 있고

바다는 잔잔하고

하늘엔 파도 구름 몰리고 있다.

바다와 하늘이 서로 자릴 바꾸었는가?

호박(琥珀)으로 만든 장식품 같은 눈을 달고

끊어진 줄을 끌며 타박타박

흑염소가 혼자 돌길을 내려왔다.

작은 배 하나 간신히 댔다 뗄 수 있는 부두,

엔진 소리도 냄새도 연기처럼 풀리고 없다.

도대체 주인은 어디 갔지?

염소가 갑자기 울려고 한다.

손님인 내가 묻고 염소가 대답 대신

이따금 고개를 끄덕이는 가을날 오후,

작은 배 하나 간신히 댔다 뗄 수 있는 부두,

돌길이 타박타박 내려오다 발을 멈춘다.

햇빛 각도가 바뀌며 점점 진해지는 한 장면,
염소와 인간이 서로 몸을 바꾸어
골똘히 제 속들을 들여다보고 있는.

시인의 가을

손을 들어 주위에 나는 갈매기 수를 헤아리자
배가 파도를 뿌리치며 뱃전을 다시 붙들게 한다.
다시 손을 뗀다.
그동안 너무 붙들고 살았어.
버스 전철의 손잡이, 가방 손잡이,
놓았다고 생각하며 계속 잡고 있던 세상살이 손잡이,
갈아탈 역 놓치고도 붙들고 있었어.
그만 손 놓고 살자!
물결 위로 갈매기 너덧 떠돌고
조그만 뱃전에 사람 하나 내몰렸다.
바람이 방향을 바꾸자
섬이 몸을 가리던 누런 잎들의 발을 말아 올린다.
아무렇지도 않게 땅에 머리 박히고
하늘로 마른 팔다리 뻗고 있는 나무들,
돌길이 천천히 부두로 내려온다. 가을이 기운다.
누군가 종 치는 것을 잊었던가?
저녁 물결 위 불빛 갈매기들 아직 떠나지 않고
손 놓은 사람 하나 뱃전에 내몰려 있다.

불 갈매기들이여, 다시 내리는 잎들이여,
땅에 머리 박힌 나무들이여,
지워지지 않고 내려오는 길이여,
여전히 간절한 것들이여! 그대들과 함께
가을이 하늘에서 바다 속까지 밑불 끄는 것을 살필 때
잘 읽히진 않으나 하루라고 찍힌 작고 예쁜 등불들이
물결 위에 깜빡 켜졌다 꺼졌다 하는 것을 보게 되리.

또 한 번 낯선 얼굴

건너편 능선에 새 철탑들 줄지어 서고
석양이 새 전선에 걸려 멈칫거릴 때
녹슨 송전탑 등 뒤로 언덕 넘어가는 불 끈 송전선
구절초들이 한 줄로 서서 전송하고 있다.
다복솔 사이에 서 있는 두 팔 벌린 송전탑
가까이 다가가도 아는 체를 않는다.
그래, 뜯기기 전 허수아비.

온갖 전기 몸살로 들끓던 몸
이따금 바람이 흘러와 눕고
새들이 와 발밑을 쪼고
그림자만 말없이 움직일 뿐
아무 일도 없다.
어느 새벽, 하늘 캄캄하고 눈 덮인 땅 환할 때
길 나서리, 또 한 번 낯선 얼굴 하나 어깨 위에 무등 태우고.
그래, 뜯기기 전 허수아비.

다시 한 번!

사흘간 내리 마셔댄 줄 술 때문인가,
마음속 별자리들의 사이는 벌어지고
북두칠성 별들의 각도는 무뎌졌다.
하룻밤을 온통 설사로 샌 새벽
커튼 젖히자 눈이 내리고 있었다.
주차장 주위의 나무들이 하얘지고
멍청한 승용차들도 하얘지고
아파트 정문으로 가는 비탈길이 하얘졌다.
몸속만 캄캄하다.
젊었을 땐 이럴 때 오른 주먹 불끈 쥐고
내 다시 잔에 손댄다면! 맹세하곤 했지.
맹세들은 너무 수가 많아
추억에서 쫓겨났다.
더 쫓아낼 게 없어진 추억은
휑해질 것인가 우그러들 것인가?

미끄러질 줄 알았는데 흰 등껍질 벗겨진 차가
정문으로 가는 하얀 가파른 길을 그림처럼 기어오른다.

눈 등껍질 얌전한 다음 차는

중간에서 멈칫, 안간힘 쓰다가 뒤로 내려온다.

다시 오르다가 멈칫, 다시 내려온다.

모르는 새 주먹이 쥐어진다, 다시 한 번!

순간 눈발이 펄럭이고

언덕길이 상체를 들려다 말고

차가 그림자처럼 기어올라간다.

몸속 캄캄이 더욱 진해지다 먹빛 윤기를 내고

다음 차가 그림처럼 올라간다.

마당을 쓰는 사람

김종훈

1

> 아픔은 내가 잘 모르는 언어로 말한다.
> 〔……〕
> 침묵에서 나오는 소리 같기도 하다.
> —「쪽지 1」 부분

    2009년 황동규는 김달진문학상을 받으며 『겨울밤 0시 5분』을 쓰는 동안 가르치는 일을 끝낸 자유와 잠복해 있던 여러 병이 함께 찾아왔다고 말했다(「공든 탑 무너트리고 새로 쌓기」, 『서정시학』, 2009년 여름호 참조). 2015년 시집을 재발행하며 붙인 시인의 말에는 '인고의 속내'를 보여준 시집이라 당시를 술회했고 제1부 앞에 붙인 쪽지는 다음과 같은 말로 시작한다. "아픔은 내가 잘 모르는 언어로 말한다." 곳곳에 당시 겪은 고통의 크기를 짐작할 수 있는 말들이 있다. 쪽지에서는 이 아픔이 "침묵에서 나오는 소리 같"다는 추측으로 이어지는데, 아픔은 개인적인 것이고 침묵은 보편적인 것이라는 점에서, 아픔은 지금 겪는 것이고 침묵은 앞으로 겪을 것이라는 점에서 둘의 개연성을 선뜻 이해하기 어렵다.

이들은 모두 언어 밖에 놓여 있다는 면에서 연관이 아예 없지 않다. 말로 설명하기에 아픔은 너무 가깝고, 침묵은 너무 멀다. 근시와 난시를 떠올릴 수 있는데, 유의할 점은 눈에 관한 이 증상들이 정상적인 시각의 범위를 환기하는 것처럼 아픔과 침묵이 그가 생각하는 언어의 범위를 환기한다는 것이다. 시인은 아픔과 침묵의 관계를 추정하고 있으나, 은연중에 언어의 한계를 되묻는다. 그에게 언어는 아픔과 침묵 사이, 몽상과 상상 사이에 놓인 것이다. 따라서 그의 말은 명징하다. 그는 명징한 말로써 말 밖에 거주하는 아픔과 침묵에 도달하려 한다. 이 점에서 그의 말은 집요하기까지 하다.

> 이끄는 발길 따라 조심조심 대웅전 뒤로 돌아가본다.
> 환하다,
> 땅바닥에 큰 타원 수놓으며 깔려 있는 저 융단, 저 이끼,
> 저 색깔!
> 몸 오싹할 만큼 마음을 쪽 빨아들이는,
> 그냥 초록도 아니고 빛나는 연초록도 아닌
> 그 둘을 보태고 뺀 것도 아닌
> 초록 불길 속에서 막 나온 초록 불길 같은,
> 슬픔마저 빼앗긴 밝은 슬픔 같은,

이런 색깔이 이 세상 어디엔가 있었구나.

이 만남을 위해 70년 가까운 세월이 훌쩍 지나갔는가?

바로 이게 혹시 저 세상의 바닥은 아닐까?

살아서는 두 발을 올려놓지 말라는.

　　　　　　　　　　　　　　　　　　　──「안성 석남사 뒤뜰」 부분

　뒤뜰 이끼의 황홀한 색깔에 대한 반응은 그의 시가 지닌 리듬의 면모를 단적으로 보여준다. 그는 기어코 이 색깔을 언어로 포착하려 한다. "저 융단, 저 이끼,/저 색깔!" 다음에 이어지는 행을 보자. 융단처럼 펼쳐진 이끼의 색깔에 닿고자 하는 노력은 두 번의 '아닌'과 두 번의 '같은'으로 마무리되는 수식어를 이끌어낸다. 이는 결국 여섯 행에 걸친 하나의 문장으로 제시된다. 보통 한 문장을 여러 행으로 나누면 리듬이 이완되기 마련이다. 그럼에도 그의 긴 호흡에서 감지되는 긴장감은 익숙한 리듬에 기대지 않은 채 자신이 목격한 대상의 색깔에 다다르고자 하는, 그 색깔을 정확히 묘사하려는 마음에서 비롯한다.

　그래서 이끼의 색깔을 만족스럽게 표현했는가. 독자는 알수 없다. 그는 정곡을 찌르기 직전에 멈춘다. "그냥 초록도 아니고 빛나는 연초록도 아"니고 이 둘을 보태거나 뺀 것도 아니라고 하면서 조금씩 범위를 좁혀나가더니, "밝은 슬픔 같"다며 변죽을 울린다. 또한 "저 세상의 바닥"이라 하지 않고 여기에 의문형을 붙여 "저 세상의 바닥은 아닐까?"라 말하며 여전히 판단을 보류한다. 황홀한 색깔을 제 것으로 소화하려는 의지가 나타나되 그 결과 앞에서 말은 멈춘다. 묘사의 의지는 드러나되 아름다운 풍경은 제 시에서 보존된다. 황동규가 오미자술에 대해 시를 쓰면 오미자술을 맛보고 싶고 여행시편을 쓰면 차를 몰고 몰운대나 미시령에 가보고 싶은 마음이 드는 것도 규정을 유보하는 것으로 대상을 보존하는 그의 시 쓰기 방식과 무관하지 않을 것이다. 시의 마지막 말은 "살아서는 두 발을 올려놓지 말라는"이다. '발'을 '말'로 바꾸어 읽으면 그가 취해왔던 시 쓰기의 자세가 된다.

황동규가 오랫동안 한국 시단의 중심을 지켜왔다고 해서 그의 시가 주류시의 전형을 보여준다는 생각은 오해다. 여느 시가 삶과 죽음의 엄숙함에 대해 말한다면, 그는 삶과 죽음의 가벼움에 대해 말한다. 여느 시가 시어에 두꺼운 시간을 넣으려 한다면 그는 현재 이 시간을 두껍게 하도록 시어를 활용한다. 여느 시가 리듬의 탄력을 위해 호흡을 짧게 끊어간다면, 그는 한 문장에 짧은 호흡을 이어 붙여 집요함을 드러낸다.

여자가 들릴까 말까 그러나 단호하게
'이제 그만 죽어버릴 거야,' 한다.
가로등이 슬쩍 비춰주는 파리한 얼굴,
살기(殺氣) 묻어 있지 않아 적이 마음 놓인다.
나도 속으로 '오기만 와봐라!'를 몇 번 반복한다.

[······]
어둠 속에서 먼지 몸 얼렸다 녹이면서 빛 내뿜는
혜성의 삶도 살맛일 텐데.'
누가 헛기침을 했던가,
옆에 누가 없었다면 또박또박 힘주어 말할 뻔했다.
'무언가 간절히 기다리고 있는 사람 곁에서
어둠이나 빛에 대해선 말하지 않는다!'
별들이 스쿠버다이빙 수경(水鏡) 밖처럼 어른어른대다 멎었다.
이제 곧 막차가 올 것이다.

—「겨울밤 0시 5분」 부분

　그가 지금 집요한 태도와 명징한 시어로 특별한 자리를 주시하기 시작한다. "이제 그만 죽어버릴 거야" 말하는 사람은 그가 아니라 파리한 얼굴의 여자다. 이야기의 절정에는 그녀가 있으며 지켜보거나 지나치는 자리에 그가 있다. 절정이자 마감을 뜻하는 겨울밤 0시에 그녀가 있다면, 여운이자 시작을 뜻하는 겨울밤 0시 5분에 그가 있다. 그녀가 한밤중에 떠 있는 별과 같다면 그는 "몸 얼렸다 녹이면서 빛 내뿜는/혜성의 삶"과 연관된다. 그는 비켜나 있으면서 무언가를 기다린다. 사람? 어둠? 빛? "무언가 간절히 기다리고 있는 사람 곁에서/어둠이나 빛에 대해선 말하지 않는다!"고 하니 기다림 자체도 목록에서 빠질 수 없다. 다른 곳에서 "기다림이 없으면 끄트머리도 없지요"(「다시 돌아오지 못하더라도 갈 준비돼 있다」)라 하지 않았던가.

그는 5분 뒤에 있으면서, 떠난 사람을 돌아보거나 지나는 사람을 지켜본다. 또는 사람이 떠나는 것을 지켜보거나 지나친 사람을 돌아본다. "그가 늘 앉곤 하던 연못 벤치에/오늘 다른 사람이 앉아 있"(「누군가 눈을 감았다 뜬다」)는 것을 확인하는 자리에 그가 있다. "뜯기기 전 허수아비"(「또 한 번 낯선 얼굴」)처럼 끝을 맛보는 사람이 아니라 끝을 지켜보고 무언가를 기다리는 자, 살아난 자의 시선이 여기에 있다. 많은 사람과 인연이 떠난 자리가 그다. 오래전에 말했던 '기다림의 자세'가 이것일까. 『겨울밤 0시 5분』의 목소리는 절정에서 비켜나 있으면서 절정을 오래 쳐다보는 자의 것이다.

2

결국 벌레들에게 먹힐 건데
저 벌레들과 미리 눈인사를 해두자.
이따금 벌레처럼 꿈틀거려도 보자.
꿈틀거리면서 벌레가 되든지 벌레의 꿈이 되든지.
—「쪽지 2」 전문

벌레들에게 건네는 눈인사는 극적인 데가 있다. 곧 먹힐 것이라는 예감 때문에도 그렇지만 꿈틀거려보자는 다짐 때문에도 그러하다. 몸이건 꿈이건 함께할 인연을 감지한 벌레들에게 그가 정다운 인사를 건넨다. 먹히는 것은 끔찍하지만 인연을 맺는 것은 감사한 일이다. 어디까지 사유의 영역을 설정하는지에 따라 절망이 찾아올 수도 있고 희망이 찾아올 수도 있다. 그의 시에 깃든 여유는 인연을 맺는 데까지 사유가 연장되면서 확보된 것이다. 쪽지를 다시 보자. 인사를 건넨 까닭은 모두 미래에 걸려 있다. 전형적인 여행자인 그는 과거를 떠올리며 아늑해하기보다는 미래를 예감하며 설레어 한다. 가끔 과거를 회상하고 자주 미래를 예감하는 이가 그다.

예전에도 그는 앞날을 생각했다. 가령 『풍장』의 연작들 중 첫 시 「풍장 1」을 떠올려보자. 그는 바람에 육신을 맡기는 장면을 그려보거나 육신을 떠나며 느끼는 소회를 상상하지만, 과거를 떠올리지는 않는다. 십수 권의 시집을 상재하고 수 권의 산문집을 발간하며 늘 이번 것이 가장 좋다고 말하는 그에게는 지금 이 순간의 결과가 최선이자 최고다. 그의 말이 편히 들린다면 과거에 얽매이지 않으려는 자세와 무관하지 않으며, 그의 말이 경쾌하게 들린다면 현재와 미래에 대한 기대와 무관하지 않을 것이다. 좀처럼 과거를 드러내지 않으려 하는 것은 이번 시집도 마찬가지다. 차이가 있다면 이번에는 '견고하지 못한 기억'이 원인이라는 점이다.

변화하지 않는 지명과 인명들만 여기저기 발자국들로 남았다.
[……]
그 발자국들이 얼지는 않았어.

되돌아온 바퀴 자국은 보이지 않았어.

—「허공에 한 덩이 태양」 부분

추억도 시긴 속에 불을 켰나가 끈나.

[……]

그대 것이었던 싱싱한 얼굴 하나

봄물에 녹고 있다.

—「섬진강의 추억」 부분

맹세들은 너무 수가 많아

추억에서 쫓겨났다.

더 쫓아낼 게 없어진 추억은

휑해질 것인가 우그러들 것인가?

[……]

모르는 새 주먹이 쥐어진다, 다시 한 번!

순간 눈발이 펄럭이고

언덕길이 상체를 들려다 말고

차가 그림자처럼 기어올라간다.

—「다시 한 번!」 부분

  독일어 지명과 인명이 맥락을 잃은 채 발자국처럼 어지러이 남았고(「허공에 한 덩이 태양」), 섬진강의 추억이 불현듯 솟아올랐다 이내 사라진다(「섬진강의 추억」). 추억거리가 왜

소해지자 새로운 맹세도 부질없어 보인다(「다시 한 번!」). 이전에는 자의적으로 과거를 회고하지 않았던 반면에 이제는 불수의적으로 기억의 순서가 뒤엉킨다. 기억이 불완전한데, 앞날에 대한 맹세가 미더울 리 없다. 애초에 "추억에서 쫓겨"난 것이 맹세다. 오늘과 내일의 생각까지도 위협받는, 낙담할 수밖에 없는 상황이 연출된다.

그러나 그는 이 와중에도 긍정적인 모습을 찾아 분주히 시선을 옮긴다. 어지럽게 남아 있는 발자국들이 아직 완전히 얼지 않아서 다행이고(「허공에 한 덩이 태양」), 싱싱한 추억이 봄물을 녹여서 다행이다(「섬진강의 추억」). 눈 덮인 오르막길에 계속 미끄러지는 차도 눈에 띄는데, 기어코 "그림자처럼 기어올라"가는 차를 보며 그는 "다시 한 번!"을 속으로 외치기도 한다(「다시 한 번!」). 기억을 소재로 한 시들은 왜소해지는 과거에 대한 아쉬움으로 시작해서 앞으로 일어날 일에 대한 기대로 마무리된다. 마치 얼음 사이로 흐르는 계곡의 물처럼, 지금 이곳의 감각 대상은 부산스러우면서도 경쾌하게 그에게 "다시 한 번!"이라는 말을 이끌어낸다.

여기 어디쯤에 무추억의 보(洑)를 깔아야 할까 부다.
흐르는 듯 안 흐르는 듯 흐르는 물,
송사리 몇 계속 눈 뜨고 헤엄치고,
가랑잎들 모여 바로 흙으로 돌아가지 않고
땅 가장자리를 조심스레 만져보며 떠내려갈,

어느 날 곧장 물에 뛰어들던 첫눈 알갱이들이

그 위에 옹기종기 모여 앉아 조용히

자신들의 짧은 추억을 하나씩 되새김질할.

——「무(無)추억을 향하여」 부분

  그의 시에서 기대와 낙관은 불쑥, 무책임하게 나온 것이 아
니다. 위태로운 기억의 대비책으로 그가 하는 일은 두 가지
다. 인식의 주체를 확대하는 것이 첫번째고 추억거리를 확보
하는 것이 두번째다. 마지막 "자신들의 짧은 추억을 하나씩
되새김질"한다는 구절을 보자. 여느 시에서 쉽게 찾을 수 있
는 '한 개인의 오랜 추억'의 자리에 '여러 개인의 짧은 추억'
이 들어섰다. 송사리와 가랑잎과 첫눈 등은 모두 앞으로 보에
들어설 추억의 대상이자 주체이다. '무추억의 보'가 곧 그가
쓰는 시인 것이다.

  사실 '무추억'의 상황은 선택의 여지없이 찾아온다. 그럼에
도 시인은 '향하여'와 같은 의지를 담은 말을 제목에 붙였다.
어서 빨리 추억을 없애자는 것이 아니라, 없어지더라도 추억
거리를 쌓아두자는 것이다. 과거에 연연하지도 운명에 주저
앉지도 않겠다는 이 지향은, 현재에 자신의 지각을 개방시킨
다. 둘레 세계의 대상들이 각자의 시간을 가지고 시적 정황에
동참하기 시작한다. 시간의 깊이를 확보하지 않는 시어는 없
으나 특별히 『겨울밤 0시 5분』의 시어에는 그와 이웃의 현재
와 가까운 미래의 시간이 새겨져 있다.

기억의 화면에는 온갖 것들이 무작위로 뜹니다.
산책길에 굴러 내리다 간신히 자리 잡았던 돌이
또다시 구릅니다.
싸락눈 흩날리는 뜰에 혼자 핀 꽃이
겁 없이 골똘한 생각에 잠겨 있습니다.
왜들 그러는지 모를 만큼 멍청합니다.
〔……〕
언젠가 이런 편지 쓰는 일마저 싫증나면
마음 한가운데 생짜 공터가 생기리라는 생각이
마음 설레게 합니다.
　　　　　　　　—「삶은 아직 멍청합니다—편지」 부분

　온갖 것들이 무작위로 기억의 화면에 뜬다. 그래서 제목이
'삶은 아직 멍청합니다'인가. 그럴 수 있다. 그러나 이 뜻이
전부는 아니다. "골똘한 생각에 잠겨 있"는 꽃도 멍청하다 하
니 시인은 생각하고 기억하는 모든 것이 멍청하다고 보는 것
같다. 이 멍청함의 끝에, 생각하는 일의 끝에 "마음 설레게"
하는 것이 들어선다. "생짜 공터"는 생각이 지워진 자리, 기
억이 사라진 자리의 다른 말이다. 이곳은 의도해서 생겨난 것
이 아니라 어쩌지 못하는 상황이 만들어 놓은 곳이다. 이곳
은 기억이 사라지면서 들이차는 모순된 자리이다. 마음 안에
있으나 마음이 미치지 못하는, 제 안의 바깥이 이렇게 생겨난

다. 이곳은 시간의 질을 높이는 시인의 갱신이 일어나는 자리이자『겨울밤 0시 5분』에서 시가 발생하는 미지의 영역이다.

3

> 땅에는 형태가 없다. 받쳐주는 힘이 있을 뿐이다.
> [……]
> 언젠가 밝은 낙엽이 되어 땅에 입 맞추겠지.
> ─「쪽지 3」부분

언제부터 시인은 꽃이나 나무보다 형태가 없으며, 받쳐주는 힘이 있을 뿐인 땅을 그리워하기 시작했다. 땅은 꽃과 나무를 받치며 자라게 해줄 뿐만 아니라 밝은 낙엽을 받아준다. 한쪽에서는 생성하는 것의 바탕이 되고 다른 한쪽에서는 소멸하는 것의 그릇이 되는 것이 땅이다.『겨울밤 0시 5분』에서 이 땅은 공터로, 마당으로, 뒤뜰로 변주되며 나타난다. 그곳에서 죽음과 삶이 교차하고 사람과 사람이 교차한다.

아픔과 침묵을 동시에 보고 삶과 죽음을 동시에 볼 수 있는 곳은 어떤 이에게는 관조할 수 있는 자리이며, 다른 이에게는 명상할 수 있는 자리다. 황동규도 그렇다. 그의 시도 관조적일 때나 명상적일 때가 많다. 덧붙일 것이 있다. 그에게 아픔과 침묵을 동시에 보는 곳이 마냥 편한 자리만은 아니다. 그는 "한 뼘쯤 앞으로 기어 나와 좀 편히" 살지 않고 "기

차게 고달파도 제 본때로 살아보겠다는" "황홀한 낯선 외로
움"(「낯선 외로움」)을 느끼며 시를 쓴다.

다 왔다.
깨끗이 비질한 마당에 눈 더 내리지 않아
무언가 더 쓸거나 지울 것이 없다.
꽃 있던 자리에 꽃 없고
풀 있던 자리에 풀 없고
사람 있던 자리에 사람 없는 곳.
그나마 마음 앗던 수국 불두화 배롱꽃이 없으니
박태기꽃마저 없으니
나비처럼 날아가 나비처럼 앉으려 해도 닿을 수 없었던
그래서 더 닿아보고 싶었던
생각이 끝 갈 데가 어딘가, 마음속에 떠올릴 연유마저 없다.
한눈에 들어오는 마당, 전부를 그대로 느껴버린다.
사람 사는 거리에서 그처럼 외우고 지우고 하던
색(色)의 본색이 바로 이것이었나?
어디선가 눈 한 톨 날려와 손등에 앉는다.
느낌 하나가 새로 태어나
자리 잡으려다 자리 잡으려다 잠잠해진다.
무언가 짧게 흐르다 만다.
　　　　　　　　　　　　　　　——「잘 쓸어논 마당」부분

"전부를 그대로 느껴버린다"는 것은 어떤 상태일까. 우연히 접어든 계곡을 오르다 작은 절에 들어선 그가 오르막의 힘겨움을 "다 왔다"로 짧게 담아내자, 눈앞에 깨끗한 마당이 펼쳐진다. "무언가 더 쓸거나 지울 것이 없"는 마당은 고요하다. 난 자리는 있으나 들었던 꽃과 풀과 사람은 없다. 이 마당은 최초의 순수가 아니라 최후의 침묵을 담고 있다. 그는 여기에서도 마당을 집요하게 설명하다가 멈춘다. 정확히 말하자면 멈추지 않고 도약한다. "그래서 더 닿아보고 싶었던"이라고 말하더니, 그 결과는 생략하고, 전부를 느껴버린다.

그의 마음은 잘 쓸어논 마당과 닮았다. 마당에 들어섰던 사람과 마음을 찾았던 사람은 다르겠지만 떠나고 없다는 점에서 그 둘은 같다. 누군가 꽃과 풀을 쓸어 마당이 깨끗해졌고, 몇몇 기억이 스러지며 마음 한 구석이 비어 있다. 제 마음 한쪽에 어쩌지 못하는 부분이 생겨나자, 마음과 마당이 같게 되었다. 마당과 마음이 "서로 내면(內面)하"(「겨울 통영에서」)고 있는 것이다. 이때 눈 한 톨이 내려와 손등에 앉는다. "느낌 하나가 새로 태어"난다고 그가 말한다. 마당이 죽음 쪽에 있다면 느낌은 삶의 편에 있다. 그러나 새로운 느낌은 곧 녹을 눈에서 비롯한 것이다. 이들은 대치되는 것이 아니다. 새로운 느낌은 침묵과 갈라서지 않고 침묵을 완성시킨다. 마당은 삶을 껴안고 삶은 침묵의 자리를 제 안에 낸다.

있는 것과 가는 것이

서로 감싸고 도는 고요,

때늦은 수국과 웃자란 풀들이 마음대로 시들고

사람들이 목젖에서 끄집어내며 여미는 소리

문득 빈말이 된다.

눈 크게 뜨고 귀 세우지 않아도

여기저기서 달라붙어오는 감각,

이 세상 것들, 우연히 지나치는 사람 얼굴의 표정 하나까지

무한대(無限大)로 살가워진다.

소리 없이 박주가리가 씨앗 주머니를 연다.

역광 속에서

촉 달린 광섬유 시침(時針)들이

섬세하고 투명하게

빛 그림자 춤을 추고 있다.

——「이런 고요」 부분

    대웅전 툇마루에 하늘이 비친다. 그 안에 "있는 것과 가는 것이/서로 감싸고 도는 고요"가 있다. 그에게 고요는 오고 가는 많은 것을 되비추는 반사판과 같다. 고요는 툇마루이자, 뒤뜰이자, 마당이자, 그의 시다. 툇마루가 투명하게 지금 이곳의 하늘을, 그가 살아온 흔적이자 오간 것들의 자취인 제나뭇결에 섞어 비춘다. 나무의 결은 고요는 기억을 바탕으로 조성되고 감각은 '무한대'로 확장된다. "이 세상 것들, 우연

히 지나치는 사람 얼굴의 표정 하나까지" "소리 없이 박주가리가 씨앗 주머니를 연다." 조리개를 활짝 열자 뿌연 그림자를 가진 빛이 춤을 춘다.

황동규가 "색(色)의 본색"(「잘 쓸어논 마당」)을 묻고 하늘과 견주어 '더 진한 공(空)'(「다시 돌아오지 못하더라도 갈 준비돼 있다」)을 떠올리는 곳이 마당이며 마루다. 땅과 하늘은 실제로는 멀리 있으나, 그의 시에는 함께 있다. 공이 곧 색이라는 성찰의 결과가 그의 시에 침투되어서만은 아니다. 툇마루 속에는 실제로 색과 공이 함께한다. 나무의 결에 각인 된 삶의 흔적을 바탕으로 하늘이 비치고 여러 소리와 여러 표정이 함께 섞이고 빛이 춤춘다. 이 시간의 모든 것이 무한대로 확장되어 색과 공을 함께 포섭하는 것이다. 아니, 툇마루에 함께 있는 색과 공이 이 시간의 모든 것을 무한대로 확장한다.

달리 보면 그가 서 있는 곳은 사유의 전쟁터이다. 아픔과 침묵뿐만 아니라 가벼움과 무거움, 공과 색, 삶이라는 관념과 맛이라는 감각까지, 그는 한 걸음 물러나 서로 다른 생각들을 대질시킨다. 가령 산책길에서 만나는 두 개의 죽음, "쥐똥나무 울타리 밑에서 주워 든/얼어 죽은 참새"(「겨울 산책」)나 "정(淨)하고 틈새 없는"(「늦추위」) 표정으로 얼어 죽은 박새를 보며 그는 '가벼운 죽음'을 떠올리는데, 이 역설은 손에 놓인 새들의 시신 앞에서 해결될 수밖에 없다. 모순되어 보이지만 진실을 발견하는 곳이 그의 사유가 마련한 마당이다. 그곳에서 삶과 죽음은 기꺼이 "서로 몸을 바꾸어/골똘히 제 속들을 들여다"(「외딴섬」)본다.

4

> 마음을 다스리다 다스리다 슬픔이나 아픔이 사그라지면
> 기쁨도 냄비의 김처럼 사그라지면
> 저림이 남을 것이다.
> ──「쪽지 4」전문

황동규는 마지막 쪽지에서 저림에 대해 말한다. 그는 병중
에 "나에게서 해방된 고통"(「대상포진」)을 느꼈으나 이내 "삶
의 맛은/무병(無病) 맛이 아니라 앓다가 낫는 맛"(「삶의 맛」)
이라며, 지각의 영역 안에서 고통을 이해하려 한다. 저림은
'슬픔과 아픔이 사그라'진 후에 일어난다. 그가 어쩌지 못하
는 순간에 깨끗한 마당이 생기듯, 어쩌지 못한 상황에 저림이
남는다. 저림과 마당은 제 생각이 떠난 몸과 마음의 현상이
다. 그러나 마당이 새로운 방문객을 기다리듯 저림에도 새 출
발의 의미가 없다고 할 수 없다. 저린 시간은 그가 이 시집에
서 집중하고 있는 '5분 지난 후'의 시간과 포개진다.

> 너도 알고 있는가,
> 삶의 크기가 좁아들수록 농도가 짙어가는
> 땀 냄새 침 냄새 눈물 냄새 속에서

시리고 황홀하고 저렸던 몸의 맛을?

우연인 듯 나비 더듬이가 몸을 더듬던 촉감,

벌이 처음으로 몸에 빨대를 대던 순간의 느낌,

온몸의 핏줄 떨게 하던 저 뜨거운 여름비의 노래를?

일단 맛본 삶은 기억이 꽃잎처럼 떨어져나가도

몸속 어딘가 지워지지 않는 결들로 남아 아린 것.

이제 막 꽃잎을 내리는 이질풀,

너도 뇌를 묶은 끈들을 잠시 느슨히 풀고

이 생각 저 생각 머릿속에 담고 퍼내다가

삐익 소리와 함께

저 세상 불빛을 한순간 미리 본 적이 있는가?

시간의 바퀴가 삶의 아린 결들만 남기고

우리 몸을 통째로 뭉개려 들 때.

—「몸의 맛」 부분

   인용 부분은 꽃에게 물어보는 형식을 띤다. 꽃이 바로 "너"
인 것이다. 그러나 독자나 자기 자신에게 건네는 질문으로 이
해해도 무리는 없으며 "너도 알고 있는가"의 '아는가'에 주목
하면 앎 자체에 물어보는 것도 배제할 수 없다. 앎은 몸속에
남은 아린 결을 모른다. 나비 더듬이가 더듬던 촉감, 벌의 주
둥이가 닿던 느낌, 그리고 뜨거운 여름비의 노래를 꽃은 모른
다. 이들은 "뇌를 묶은 끈들을 잠시 느슨히 풀고" 생각을 방
기해야 느낄 수 있는 것들이다. 모르는 것도 아는 것과 마찬

가지로 인식의 영역에 속한 말이다. 침묵에서 나온 아픔의 노래처럼 이들은 인식 바깥에 있다가, 말로 거를 사이도 없이 곧장 몸에 각인된다. 그러므로 이들은 꽃이 알 수는 없지만 꽃만 느낄 수 있는 것들이다.

"저 세상 불빛을 한순간 미리 본 적이 있는가"의 예측도 아린 감각에 기대어 나왔다. 황동규의 시에서 생각은 삶과 함께 끝나지만 감각은 그 이후에도 남아 있다. 감각이 주체를 인증하는 경우를 그는 "시간의 바퀴"가 남긴 "삶의 아린 결"이라 표현한다. 다른 시에서 "끄트머리까지 저릴 것"(「무굴일기3」)이라 했으니 '저리다'도 같은 맥락으로 쓰인다. 아리고 저린 흔적은, 역설적으로 숨통을 틔워 구도를 꽉 채운다. 5분 뒤의 시간이 자정을 꽉 채우는 것처럼 아리고 저린 시간은 삶과 죽음을 완성한다.

어떤 세대에게 황동규의 시는 단절의 상징이었다. 그의 시는 학습의 시와 경험의 시를 갈랐고, 교과서의 시와 시집의 시를 갈랐다. 교과서의 시간을 빠져 나온 뒤 자유롭게 시를 더 많이 읽고 싶은 마음에 첫번째로 응답한 시가 대개는 그의 시였다. 독자는 지속적으로 발표되는 그의 시를 따라 읽었다. 그의 초기 시는 명징했으나 어쩐지 어려웠고, 『나는 바퀴를 보면 굴리고 싶어진다』부터는 상대적으로 읽는 부담이 줄어들었다. 점점 읽기 편해지자 감상 능력이 늘었다고 생각하는 독자도 있었다. 그러나 단절은 그의 시 안에서도 일어났다. 시 자체가 갱신을 거듭하고 있었던 것이다. 어떤 시집에서 그는 시인의 존재를 되물었고 다른 시집에서는 종교적인 사유를 전면에 내세웠다. 『겨울밤 0시 5분』은 생활과 몸의 변화를 묵묵히 담아내며 종교적 모색을 삶의 이편으로 내려앉힌 시집이다. 이다음 시집이 『사는 기쁨』이다. 작은 것 하나의 떨림에 주목했던 섬세한 인식이 살아 있는 것 모두를 기쁨으로 여기는 데에까지 확장되었다. 황동규는 지금도 새의 소리, 춤추는 빛, 고요한 마당 등 이 시간 함께 있는 동료들과 함께 갱신을 거듭한다.

1975년 출범하여 오늘까지 이어져온 '문학과지성 시인선'
이 독자들의 사랑과 문인들의 아낌 속에 한국 현대시의 폴리
스Polis를 이루게 된 사실은 문학과지성사에 내린 지복이기
도 하지만 동시에 한국시를 즐겨 읽는 독자들에겐 '상리공생
(相利共生)'의 사안이기도 하다. 왜냐하면 한국시의 수준과
다양성을 동시에 측량할 수 있는 박물관의 역할을 이 시인선
이 해줄 수 있기 때문이다. 요컨대 여기는 한국시의 '레이나
소피아Reina Sofia'이다. 시의 '뮤제오 프라도Museo Prado'
가 보이지 않는 게 아쉽긴 하지만.

그러나 '문학과지성 시인선'이 현대시의 개성들을 다 모아
놓고 있다고 오연히 자부할 수는 없다. 시인선의 편집자들이
한국어의 자기장 내에서 발화하는 시의 빛점들을 포집하기

위하여 고감도 안테나를 드넓게도 촘촘히도 작동시켰다 하더라도, 유한자 인간의 "앨쓴"(정지용, 「바다」) 작업은 빈번히 누락과 착오로 인한 어두운 그늘들을 드리워놓기 십상이기 때문이다. 환상과 우연의 힘들은 완전하고자 하는 의지를 김빼는 한편, 우리의 울타리 바깥에서도 시의 자치구들이 사방에 산재해 저마다 저의 권역을 넓혀나가고 있다는 사실을 확인케 해 새삼 우리를 겸허한 반성 쪽으로 이끌고 간다.

모든 생명적 장소가 그러하듯이 시의 구역들 역시 활발한 대사 운동 끝에 팽창과 수축을 거듭하면서 크게 자라기도 하고 소멸되기도 한다. 때로는 구역의 진화와 시의 진화가 심히 어긋나는 때가 있으며, 그중 구역은 사용을 멈추었는데 시는 여전히 생생히 살아 있을 경우야말로 애달픈 인간사 그 자체가 아닐 수 없다. 외로 떨어진 시 덩어리는 우주선과 잡석들이 빗발치는 망망한 말의 우주의 유랑자의 위상에 처하게 되고 갈 곳 모른 채 표류하다가 서서히 소실의 검은 구멍 속으로 빨려 들어가거나 완벽한 정적의 외진 구석에 유폐된 채로 그 자리에서 먼지로 화할 수도 있을 것이다.

실로 한국 현대시 100년을 경과하면서 역사의 무덤 속으로 들어가기를 거절하고 삶의 현장에 현존하고자 하는 의지를 내뿜는 시뭉치들이 이곳저곳에서 출몰하는 횟수를 늘려가고 있었으니, 특히 20세기 후반기에 출판되었다가 다양한 사연으로 절판되었거나 출판사가 폐문함으로써 독자에게로 가는 통로를 차단당한 시집들의 사정이 그러하여, 이들이 벌겋

게 단 얼굴로 불현듯 우리 앞을 스쳐 지나갈 때마다 우리는
저 시뭉치의 불행과 저들과 생이별하여 마음의 양식을 잃은
우리의 불운을 한꺼번에 안타까워하는 처지에 몰리게 된다.

그리하여 우리는 '문학과지성 시인선' 내부에 작은 여백
을 열고 이 독립 행성들을 우리 항성계 안으로 모시고자 한
다. 이는 '시인선'의 현 단계의 허전함을 메꾸기 위함이요, 돌
연 지구와의 교신망을 상실한 시뭉치에 제2의 터전을 제공하
기 위함이요, 독자의 호시심(好詩心)에 모자람이 없도록 하고
자 함이니, 이 삼중의 작업을 한꺼번에 이행함으로써 우리는
한국시에 영원히 마르지 않을 생명샘의 가는 한 줄기가 될 수
있기를 소망한다.

이 작업을 통해서 우리는 옛것의 귀환이라는 사건을 때마다
일으킬 터인데, 이 특별한 사건들은 부족을 메꾸는 부정-보
충적 행위를 넘어 새로운 시의 미각적 지대, 아니 더 나아가
새로운 정신적 지평을 여는 발견적 행동이 되고야 말리라는
것을 확신하는 바이다. 우리가 특별히 모실 이 시집들의 숨겨
진 비밀이 워낙 많다는 뜻을 이 말은 품고 있거니와, 진정 이
시집들은 처음 세상에 모습을 드러내었던 당시 독자를 충격
했던 새로움을 보존할 뿐만 아니라 같은 강도의 미지의 새 새
로움의 애채를 옛 새로움의 나무 위에 돋아나게 해줄 것이 틀
림없다. 그리하여 독자는 시오랑E. M. Cioran이 언젠가 말했
듯 "회상과 예감réminiscence et pressentiment이 반대 방향
으로 멀어지기는커녕, 하나로 합류하는"(「생-종 페르스Saint-

John Perse」, 『예찬 실습*Exercises d'admiration*』 in 〈저작집 *Œuvres*〉, Pleiade/Gallimard, 2011) 희귀한 체험을 생생히 누리리라 짐작하거니와, 이 말의 주인이 그 체험의 발생주체로 예거한 시인을 가리켜 "모든 시간대에서 동시대인으로 존재하는 사람un contemporain intemporel"이라고 말했던 것과 마찬가지로, 이 체험의 신비함이야말로 모든 시간대에서 최고의 신선도로 독자를 흥분케 할 것이다.

그렇긴 하지만 우리는 이 재생의 사건들을 특별히 꾸리는 별도의 총서는 자제하였다. 그보단 우리의 익숙한 도시인 '문학과지성 시인선' 안에 포함시키고자 하는데, 우리의 '시인선' 자체가 늘 그런 신비한 체험을 독자들에게 제공해주기를 기대하기 때문이다. 다만 아주 시치미를 떼어서 독자를 정보의 결핍 속에 방치하는 우를 범할 수는 없는 연유로, 처음부터 시작하는 번호에 기호 R을 멜빵처럼 감쳐서, 돌아온 시집임을 표지하고자 한다. R은 직접적으로는 복간reissue의 뜻을 가리키겠지만 방금의 진술에 기대면 이 귀환은 곧 신생과 다름이 없어서, 반복répétition이 곧 부활résurrection이라는 뜻을 함축할 뿐 아니라 더 과감히 반복만이 부활을 가능케 한다는 주장까지 포함할 수 있을 것인데, 그 주장이 우리 일상의 천편일률적이고 지루하고 데데한 반복을 돌연 최초의 생의 거듭남으로 변신시키는 마법의 수행을 독자들에게 부추길 것을 어림한다면, 그것은 아무리 되풀이 강조되어도 지나치지 않을 것이다. 더욱이나 어느 현대 시인은 "R이 없어서,

죽음은 말 속에서 숨 막혀 죽는다*Privé d'R, la mort meurt d'asphyxie dans le mot*"(에드몽 자베스Edmond Jabès, 『엘, 혹은 최후의 책*El, ou le dernière livre*』, 1973)는 촌철로 언어의 생살을 도려내었으니, R을 통해서만 언어는 존재의 장식이기를 그치고 죽음조차 삶의 운동으로 되살리는 것이다.

그러니 '문학과지성 시인선'의 새로운 R의 행렬 속에서 우리가 독자들에게 바라는 것은 이 한 글자의 연장이 무엇이든 그 안에 숨어 있는 한결같은 동작은 저 시인이 암시하듯 숨통 터주는 일임을 상기해달라는 것이다. 이 혀를 안으로 마는 짧은 호흡은 곧이어 제 글자의 줄이 초롱처럼 매달고 있는 시집으로 이목을 돌리게 해, 낱낱의 꽃잎처럼 하늘거리는 쪽들을 흔들어 즐겁고도 신기한 언어의 화성이 울리는 광경을 마침내 목격하고 청취하는 데까지 당신을 이끌고 갈 수 있을 터이니, 그때쯤이면 이 되살아난 시집의 고유한 개성적 울림이 시집에 본래 내재된 에너지의 분출이면서 동시에 그것을 그렇게 수용하고자 한 독자 자신의 역동적 상상력의 작동임을 제 몸의 체험으로 느끼게 되리라.

㈜문학과지성사